Patrick Salmen

# GENAUER BETRACHTET SIND MENSCHEN AUCH NUR LEUTE

*– Geschichten –*

KNAUR

Das Zitat von Bernd Stromberg auf S. 168 ist aus der TV-Serie
STROMBERG, abgedruckt mit freundlicher Genehmigung der
BRAINPOOL TV GmbH.

Das Zitat auf S. 171 »Ich verabscheue euch wegen eurer Kleinkunst
zutiefst.« Musik & Text: Dirk von Lowtzow, Jan Klaas Müller, Arne Zank
© Gold Musikverlag OHG & Hanseatic Musikverlag GmbH & Co. KG

Besuchen Sie uns im Internet:
www.knaur.de

Originalausgabe April 2016
Knaur Taschenbuch
© 2016 Knaur Verlag
Ein Imprint der Verlagsgruppe
Droemer Knaur GmbH & Co. KG, München
Alle Rechte vorbehalten. Das Werk darf – auch teilweise –
nur mit Genehmigung des Verlags wiedergegeben werden.
Umschlaggestaltung: Simon Höfer
Umschlagabbildung: Simon Höfer, Fabian Stürtz
Satz: Daniela Schulz, Puchheim
Druck und Bindung: CPI books GmbH, Leck
ISBN 978-3-426-51956-1

2  4  5  3  1

# INHALT

*»Eine mir unbekannte Frau erzählte mir neulich im Zug, sie beobachte gerne die Leute. Ich sagte, ich auch. Daraufhin musterten wir uns stumm.«*

Claudia Vamvas

# DIE SPRACHE DER WÖLFE

Im Takt des Schienenratterns vibriert mein Kopf an der Scheibe des Zugs. Draußen zieht die Welt wie ein Schmalspurfilm an mir vorbei. Irgendwo im Abteil schreit ein Kind. Die Mutter nimmt es in den Arm, wiegt es achtsam hin und her und versucht, es zu beruhigen. Das Kind schreit weiter. Wohin man schaut, alle blicken die junge Mutter an, als würde sie Satan persönlich in ihren Armen halten. Ein einziges Raunen und Murmeln. »Schlimm ist das.« »Nicht einmal in Ruhe lesen kann man hier noch.«

Der Mann, der sich noch vor wenigen Sekunden beschwert hat, fängt an zu telefonieren. Laut. Sehr laut. Ungefähr so laut, wie mein Vater spricht, wenn er jemanden im Nachbardorf anruft und dabei so klingt, als müsse er durch ein Dosentelefon mit einem willkürlichen Menschen im Senegal kommunizieren – einem Senegalesen ohne Ohren.

Die Frau des brüllenden Herren scheint derweil eine SMS zu schreiben. Ich interpretiere die piepsenden Tastentöne als würdigende Hommage an die späten Neunziger. Verblendete Nostalgie. Auch sie schimpft über die lauten Kindergeräusche und wirkt leicht verbittert.

Engstirnigkeit und Intoleranz gegenüber Kindern scheinen ein ziemliches Problem in diesen Zeiten zu werden. Wo Kin-

der auch auftauchen – überall Kopfschütteln und Naserümp-
fen.

Ich mein, bei Jugendlichen könnte ich es verstehen. Teenager
sind grausam. Hätte ich beruflich mit Jugendlichen zu tun –
das würde nicht gutgehen. Vermutlich wäre ich der unmoti-
vierteste Streetworker aller Zeiten. Ständig würde ich Dinge
sagen wie: »Ja, spring doch«, »Jetzt lohnt sich dein falscher
Ehrgeiz auch nicht mehr« oder »Gib dich endlich auf und
nimm Drogen«. Kinder hingegen sind super. Zwar etwas
dumm, aber süß. Meistens.

Eine kurze Durchsage: »In etwa zwanzig Minuten erreichen
wir unseren nächsten Halt – Magdeburg Hauptbahnhof.«
Die schwäbische Nordic-Walking-Reisegruppe steht auf.
Denn in fünfzehn Minuten könnte es längst zu spät sein. Der
Werbeslogan damals auf der Autobahn hatte recht, denke ich:
»Sachsen-Anhalt – Land der Frühaufsteher«. Dass Menschen
in Zügen oftmals bereits eine halbe Stunde vor Zielankunft
aufstehen und sich hordenweise in den Gängen zusammen-
quetschen, ist ein seltsames Phänomen. Wenn man das auf die
Fahrzeiten von städtischen Bussen übertragen würde, wür-
den sich Menschen dort gar nicht mehr hinsetzen.
Fest steht: In Zügen fühle ich mich manchmal wie ein Orni-
thologe. Wohin man schaut – überall Vögel.

Wenige Sekunden später. Als ich gerade in einen Tiefschlaf zu
sinken drohe, tippt die junge Mutter mir auf die Schulter:
»Können Sie kurz auf mein Kind aufpassen? Ich muss nur
mal eben auf die Toilette.«
»Aber sicher.«
Die Mutter nickt mir dankbar zu. »Es ist auch wirklich ganz
lieb.«

Schon lustig, denke ich, dass man das bei Babys so sagt – »es«. Als würde mir Stephen King persönlich eine garstige Kreatur überreichen.

»Wirklich kein Problem. Wir kommen hier schon zurecht.« Die Mutter lächelt. »Vielen Dank. Es fremdelt auch nicht.«

Da ist es einigen Menschen in Deutschland auf gesellschaftspolitischer Ebene meilenweit voraus, denke ich. Klasse.

»Ich beeile mich. Bis gleich.«

Ich nehme das Kind auf den Schoß und begutachte es. Zunächst wohlwollend, dann zunehmend kritisch. Für Außenstehende sieht es wahrscheinlich so aus, als würde ein Stiftung-Warentest-Prüfer einen CD-Spieler begutachten. Fazit: Es ist kaputt. Das Kind schreit schon wieder und findet zunehmend Interesse daran, mit seinen Händen – oder vielmehr Tatzen – Dinge in meinem Bart zu verstecken, als wäre er ein Topf voller Blumenerde. Ich fühle mich benutzt.

Nach einer Weile beginne ich, das Kind etwas unbedarft hin- und herzuwiegen, bis es schließlich einschläft.

Zwei Stunden später: Von der Mutter noch immer keine Spur. Ratlos blicke ich mich um. Ich schätze, ich bin nun Vater. Diesen Prozess habe ich mir wesentlich komplizierter vorgestellt. Ich kenne die Frau nicht, aber man hätte doch zumindest mal essen gehen können. Ein kurzes Gespräch. Bisschen Knutschen. Aber so geht's anscheinend auch.

Eigentlich kann ich mich glücklich schätzen. Kinder und andere Halbwesen gehören schließlich zu den wenigen Dingen, die man noch nicht bei Amazon bestellen kann. Wobei mich schon interessieren würde, was die Nachbarn denken würden, wenn sie mal wieder mein Paket annehmen müssten und ständig wirre Geräusche aus dem Karton dringen würden.

Ich sehe das Kind an: »Bist du Mogli?«

Das Kind rülpst.

»Ob du Mogli bist, hab ich dich gefragt. Du weißt es noch nicht, aber ich werde dich die Sprache der Wölfe lehren.«

Das Kind pupst.

Es scheint in seiner Kommunikation deutlich beschränkt zu sein. Wir sind uns sehr ähnlich, denke ich. Ein leicht säuerlicher Geruch liegt in der Luft.

»Es stinkt ungeheuerlich«, höre ich von nebenan. Genauer gesagt von einem Mann, der soeben einen gefühlten Zentner Pressfleisch in Form von Bifis und eingeschweißten Mettenden verschlungen hat.

»Das ist Rache, du Arschloch«, antworte ich. Dieses Kind gefällt mir.

»Sie müssen die Windeln wechseln.«

Das ist jetzt viel erwartet von einem Mann, der bereits jeden Morgen daran scheitert, sich selbst im Stehen eine Hose anzuziehen.

Ich beschließe, das zu tun, was ich mit Problemen immer mache, wenn ich mich überfordert fühle. Weiterreichen. »Hier, machen Sie mal«, sage ich.

Mein Sitznachbar sieht mich an, als hätte ich ihm eine tote Katze hingehalten. »Auf keinen Fall. Das ist Ihr Sohn.«

Wo er recht hat, hat er recht. Ich muss das hier selbst hinbekommen. Erst vor einigen Monaten habe ich die Reifen an meinem Wagen gewechselt. Viel schwieriger kann das hier auch nicht sein. »Hat hier mal jemand Hebebühne und Radkreuz dabei?«

»Geben Sie schon her. Es tut mir wirklich leid.« Vor mir steht die junge Mutter. »Ich habe eine alte Bekannte getroffen und mich festgequatscht. Hatten Sie wenigstens etwas Spaß?«

Ich nicke.

Die Mutter wirkt sehr glücklich. »Das mit den Windeln übernehme ich jetzt wieder«, sagt sie.

Ich nicke erneut.

»Dann geben Sie mir den Kleinen mal her.«

Ich höre auf zu nicken.

»Wer sind Sie?«, frage ich.

Dann brülle ich: »Diese Frau möchte mir mein Kind wegnehmen!«

Niemand hilft mir.

Ich brülle lauter: »Ich habe diesen Jungen geliebt!«

Die anderen Fahrgäste schütteln verständnislos den Kopf. Das Kind hingegen scheint unbekümmert. Es rülpst und pupst erneut.

»Sehen Sie«, brülle ich erneut, »*das* ist die Sprache der Wölfe! Mogli und ich, wir waren füreinander bestimmt.«

Die Mutter lächelt noch immer. Sie scheint amüsiert. »Was halten Sie davon, wenn wir mal einen Kaffee trinken gehen? Sie könnten mein Kind dann vielleicht öfter sehen.«

Ich begutachte die Frau und wirke wohl erneut wie ein etwas verwirrter Sachverständiger. Fazit: Sie ist schön. Wunderschön. Und sie trägt das schönste Lächeln, das ein Mensch jemals erblickt hat.

»Und? Haben wir ein Date?«, fragt sie.

»Das«, sage ich, »ist ein billiger Trick. Ein entwaffnendes Angebot, mit dem Sie mich besänftigen und meinen Schmerz lindern wollen. Das wissen wir beide. Sie werden mich verführen, wir werden uns lieben, und ich werde morgens aufwachen und mich benutzt fühlen. Ich prangere das an. Aber ich willige ein. Für Mogli.«

Das Kind pupst erneut, lächelt mich an, und in diesem Moment wirkt es, als wäre es wahnsinnig stolz auf mich.

# Mau-Mau

*Ein kleines rustikales Hotel in Klagenfurt. An der Rezeption sitzt eine ältere Dame und liest die Tageszeitung.*

ICH: »Entschuldigung, dürfte ich bitte das WLAN-Kennwort haben?«

SIE: »Was für ein Ding?«

ICH: »Ich müsste mal kurz ins Internet.«

SIE: »Oh, der feine Herr. Sie kommen wohl aus der Großstadt.«

ICH: »Tut mir leid.«

SIE: »Sind Sie ein Hacker? Mein Enkel macht so etwas auch.«

ICH: »So in der Art. Ich müsste kurz meine Mails lesen.«

SIE: »Am heiligen Sonntag? Wo kommen wir denn da hin? Ich mach uns zwei Hübschen jetzt mal einen Kaffee, und dann sehen wir weiter. Internet gibt's hier jedenfalls nicht. Aber wenn ich Sie für eine Runde Mau-Mau begeistern könnte?«

ICH: »Wenn Sie Zeit haben …«

SIE: »Sehen Sie sich mal um. Sie sind der einzige Gast. Natürlich habe ich Zeit.«

*Eine Stunde und ca. zwanzig Partien Mau-Mau später.*

SIE: »So, ich gebe Ihnen jetzt mal das WLAN-Passwort.«

Ich: »Jetzt also doch?«

Sie: »Sie sind hier in Kärnten und nicht auf dem Mond. Ich hätte es Ihnen auch früher gesagt, aber dann hätten Sie wohl kaum mit mir Mau-Mau gespielt. Ich muss auch sehen, wie ich den Tag rumbekomme.«

Ich: »Sie sind ein Fuchs. Morgen um die gleiche Zeit?«

Sie: »Wenn Sie bis dahin ein bisschen üben. Ich hatte schon bessere Gegner.«

# Das Patenkind

*Seit einiger Zeit erfreue ich mich an der Tatsache, Paten-*
*onkel zu sein, und muss festhalten, dass mein Schützling mein*
*Leben sehr bereichert. Der Humor dieses überaus amüsanten*
*Wesens lässt sich in folgenden Szenen recht anschaulich be-*
*schreiben …*

– I –

Erster Weihnachtstag. Ich sitze im Kinderzimmer meines
vierjährigen Patenkinds auf dem Boden. Nachdem mein vor-
geschlagenes Spiel – der allseits beliebte Klassiker »Wer länger
schläft und den anderen dabei nicht weckt, hat gewonnen« –
gnadenlos vom Komitee abgeschmettert wurde, scheint erste
Langeweile aufzukommen …

PATENKIND: »Patrick, spielst du mit mir Verstecken?«
ICH: »Na klar doch.«
PATENKIND: »Ich zähle bis zehn, und du versteckst dich un-
    ter dem Tisch.«
ICH: »Nun, mir scheint, du hast die wesentliche Philosophie
    dieses Spiels noch nicht so recht verstanden.«
PATENKIND: »Hm?«

ICH: »Du darfst doch nicht wissen, wo ich mich verstecke. Damit du mich dann suchen kannst. Sonst ist es doch viel zu einfach.«

PATENKIND (SCHAUT VERWIRRT): »Verstehe.«

ICH: »Hast du Bedenken?«

PATENKIND: »Das ist mir jetzt zu blöd.«

Aus Gründen der Deeskalation habe ich mich dann doch noch unter dem Tisch versteckt. Nach geschätzten 0,37 Sekunden wurde ich gefunden. Es war für alle Beteiligten ein großer Spaß.

– II –

Die neuste Innovation von meinem Patenkind ist ein Spiel namens »Du bist …«. Es geht so:

PATENKIND: »Du bist ein Apfel.«

ICH: »Du bist ein Stuhl.«

Das Kind lacht zehn Minuten, weil es sich vorstellt, ein Stuhl zu sein.

PATENKIND: »Du bist eine Wiese.«

ICH: »Du bist ein Staubsauger.«

Das Kind lacht zehn Minuten, weil es sich vorstellt, ein Staubsauger zu sein.

PATENKIND: »Du bist ein Stinkepups.«

ICH: »Du bist eine Tüte.«

Das Kind lacht zehn Minuten, weil …

Wir haben mit diesem Spiel vor drei Stunden angefangen. Der deutsche Nomenbestand ist so gut wie erschöpft. Mittlerweile scharen sich Nachbarn und Familienangehörige um uns, weil sie wissen wollen, wie es weitergeht. Auch mich hält es hier vor lauter Stimmung kaum noch im Sessel. Mein Leben ist so aufregend.

## – III –

Ein persönlicher Haushaltstipp an alle Eltern, dargestellt anhand eines kurzen Dialogs:

ICH: »Komm, wir spielen Spülmonster.«
PATENKIND: »Wie geht das?«
ICH: »Du musst spülen.«
PATENKIND: »Und?«
ICH: »Na ja, du bist dabei halt ein Monster.«
PATENKIND: »Jaaaaaa!«

Nun spült das Kind seit einer halben Stunde. Manchmal faucht und zischt es dabei. Funktioniert übrigens auch mit dem Rasenmähmonster, dem Staubsaugmonster und dem Mal-eben-feucht-durch-den-Flur-Wisch-Monster. Nennen Sie mich Pädagoge des Jahres.

## – IV –

Ich erzähle der Familie am Esstisch von Berichten über zunehmende Kinderverbote in einigen Restaurants und der damit einhergehenden Empörung in der Bevölkerung. Das Patenkind scheint die Unterhaltung die gesamte Zeit über belauscht zu haben.

»Kommt mal mit in mein Zimmer«, sagt es.

Gemeinsam gehen wir hoch. In seinem Zimmer zeigt es auf einen gelben Miniatur-Esstisch, an dem jüngst hin und wieder zu kleineren Teegesellschaften geladen wurde, und sagt: »Hier dürfen ab jetzt auch keine blöden Restoronk-Menschen sitzen. Ätsch!«

Manchmal beneide ich dieses Kind um seine Schlagfertigkeit.

## – V –

PATENKIND: »Ich habe dir ein Bild gemalt. Du kannst es haben.«

ICH: »Oh, danke. Das ist aber lieb von dir.«

PATENKIND: »Es kostet tausend Euro.«

ICH: »Das ist aber teuer. Letztes Jahr hast du mir deine Bilder doch noch geschenkt.«

PATENKIND: »Da war ich ja auch noch keine berühmte Künstlerin.«

Da kann man sagen, was man möchte. Das Marktwertsystem hat das Kind jedenfalls sehr früh verstanden.

PS: Da ich keine tausend Euro dabei hatte, hat das Kind mir

den Betrag aus seiner Kaufladenkasse geliehen. Ich bin nun ein verschuldeter Mann.

## – VI –

PATENKIND: »Patrick, warum muss mein Papa immer zur Arbeit und du nicht?«

ICH: »Ich arbeite auch. Man sieht das nur nicht so.«

PATENKIND: »Wie ein Gespenst?«

ICH: »Kann man so sagen. Ich bin selbständig und kann von zu Hause aus arbeiten.«

PATENKIND: »Ist *selbständig* das Gleiche wie *faul*?«

ICH: »Bleiben wir bei Gespenst.«

Dieses Kind macht mich fertig.

# Menschen im Restaurant
## oder
## Wenn Kellner immer
### ehrlich wären

## – I –

Kellner: »Zwölf Euro, bitte.«

Gast (legt einen Zehneuroschein auf den Tisch):
»Stimmt so.«

Kellner: »Das ist witzig.«

Gast: »Finden Sie wirklich?«

Kellner: »In der Tat. Denn Sie haben weniger Geld hinge-
legt, als Sie bezahlen müssten, was mich annehmen lassen
könnte, Sie würden noch einmal in Ihre Geldbörse langen,
um nach dem Restbetrag zu suchen. Tun Sie aber dann
nicht, sondern brechen mit meiner von Ihnen vortrefflich
antizipierten Erwartungshaltung, indem Sie den bereits auf
dem Tisch plazierten Zehneuroschein selbstbewusst als an-
gemessene Bezahlung inklusive eines vermeintlich üppigen
Trinkgelds anpreisen, was ich mit Verlaub als eine sehr
gelungene Pointe bezeichnen würde. Ich möchte gar von

einem kessen Scherz sprechen. Da haben Sie mich aber ordentlich aufs Glatteis geführt, Sie Schelm. Den muss ich mir merken und all meinen Kollegen erzählen. Einfach genial.«

GAST: »Finden Sie wirklich?«

KELLNER: »Nein.«

GAST: »Wie jetzt?«

KELLNER: »Das höre ich jeden Tag ungefähr zwanzig Mal. Aber Sie haben es ja nur gut gemeint.«

GAST (BEDRÖPPELT): »Schade. Sie klangen so begeistert.«

KELLNER: »Nehmen Sie es sich nicht so zu Herzen. Möchten Sie noch einen Espresso aufs Haus?«

GAST: »Nein danke. Da oben wird es mir zu windig sein.«

KELLNER: »Der war jetzt wirklich gut.«

GAST (ERFREUT): »Ach, tatsächlich?«

KELLNER: »Nein! Na ja, so mittel. Weil Sie es sind.«

GAST: »Grmpf.«

– II –

*Ein junger Mann sitzt in einem italienischen Restaurant, die Kellnerin kommt zum Tisch, begrüßt ihren Gast und zündet die Kerze an.*

GAST: »Jetzt geht mir aber ein Licht auf.«

*Wenige Sekunden später:*

GAST: »Hey! Warum verprügeln Sie mich mit dieser riesigen Pfeffermühle?«

KELLNERIN: »Ich denke, das wissen Sie selbst am besten.«

# GENAUER BETRACHTET SIND MENSCHEN AUCH NUR LEUTE (DIRECTOR'S CUT)

Sonntagmorgen, 8:00 Uhr. Wie immer der verwirrte Blick der Freundin, wenn ich mich noch schlafend stelle, klammheimlich warte, bis sie aufwacht, und dann leise vor mich hin murmele: »Jochen, du geiler Schlingel. Was machst du denn da wieder Unartiges?«

»Ich hasse deinen Humor«, sagt sie.

»Da bist du nicht die Einzige«, entgegne ich.

»Irgendwann leg ich dir hier wirklich einen Jochen hin, und dann will ich mal sehen, wie du guckst. Und jetzt lass mich in Ruhe. Ich möchte noch dösen.«

Ich schlendere in die Küche, um Kaffee zu kochen. Im Flur werfe ich einen kurzen Blick in den Spiegel. Ein trostloser Anblick. Irgendwann möchte ich so sein wie die Familienväter in den Tchibo-Prospekten – mit goldbraun wallendem Haar, langen Unterhosen, einem karierten Schlafanzug und einer verkackten Funkwetterstation am Fenster. Einer dieser perfekten Menschen, die morgens mit ihrem Golden Retriever zum Bäcker joggen und durch die allgemeine Tchiboisierung ihres Lebens den ganzen Tag gut gelaunt sind. Die Realität jedoch: ernüchternd.

In der Küche angekommen, blicke ich auf mein Smartphone. In der Facebook-Timeline sehe ich, dass meine Freundin auf einem Foto markiert wurde. Darunter der Eintrag: #*Lieblingsmensch.* Lieblingsmensch am Arsch, denke ich mir. Im Radio läuft derweil einer dieser monotonen Gute-Laune-Popsongs. Ich bin drauf und dran, das Radio aus dem Fenster zu schmeißen, einfach um es dann wieder hochzuholen und es noch mal aus dem Fenster zu schmeißen. So genervt war ich seit der Seitenbacher-Müsli-Werbung nicht mehr. Ich bin kurz davor, rauszugehen und einfach alle zu töten. Die Hymne eines Amoklaufs.
Verwirrt blicke ich erneut auf das Smartphone.

Lieblingsmensch, was soll das sein? Ist das wie mit den Poesiealben von früher? Da konnte man sich als wortverliebter Knabe ja immer kreativ austoben:

Lieblingstier: Perlgrasfalter
Lieblingsfarbe: Burgunderrot und Herbstzeitlosenviolett
Lieblingsmensch: Jochen!

Das klingt doch scheiße.

Ich gehe ins Schlafzimmer und versuche, die Freundin zu wecken: »Hallo, Lieblingsmensch.«
»Wat willste?«, fragt sie etwas schroff.
Ich denke an den Song aus dem Radio. »Bei dir kann ich so sein, wie ich bin. Und das ist toll. Denn sonst wäre ich ja jemand anderes. Sami Slimani zum Beispiel, und dann würde ich grenzdebil vor mich hin grinsen.
»Ich finde gut, dass du du bist«, sagt die Freundin.
»Echt?«
»Ja, du könntest auch George Clooney sein. Mein Leben mit

dir wäre perfekt. Aber wer will das schon? So ein perfektes Leben. Es ist der Makel, der uns interessant macht. Und du bist sehr interessant. Halt was Besonderes.«

»Das hat meine Lehrerin auch gesagt«, erinnere ich mich.

»Sie hatte recht. Du bist wirklich besonders. Und jetzt lass mich noch etwas schlafen, du Pappnase.«

»Du bist echt total romantisch«, seufze ich.

Auf dem Weg zurück in die Küche denke ich an die Karte, die sie mir zum Valentinstag geschenkt hat: »Bleib immer ~~wie du bist~~ auf dem Weg, dich zu verbessern.« Es ist schön, wenn man jemanden hat, der an einen glaubt. Das muss Liebe sein.

Dieser seltsame Song läuft noch immer. Ich würde gerne mitsingen, aber es könnte ja theoretisch sein, dass die Interpretin keinen Humor versteht. Nicht auszumalen, wenn sie zufälligerweise vor meinem Fenster stehen und meiner sonoren Stimme lauschen würde. Womöglich riefe sie mir zu, dass ich grobschlächtiger Banause ihre wunderschönen und klug gereimten Liedzeilen nicht nachsingen solle. Schockschwerenot! Nicht auszudenken. Aber das ist äußerst unwahrscheinlich. Warum sollte sie vor meinem Fenster stehen?

Ich sehe hinaus auf die Straße. Da steht sie tatsächlich. Das gibt es doch nicht. Freundlich winke ich ihr zu. Keine Reaktion. Vielleicht ist es nur eine morgendliche Halluzination oder eine Fata Morgana? Ich brauche Kaffee. Dringend.

Das Wort *Lieblingsmensch* geht mir nicht aus dem Kopf. Es entbehrt jeglicher Klangästhetik. Außerdem reimt sich nichts auf Mensch. Warum gibt es auf so viele bedeutsame Wörter keinen Reim? Ich denke an ein Gedicht, das ich mir im zarten

Alter von neun Jahren auf diversen Autobahnfahrten als Merkhilfe ausgedacht habe:

*Auf der A1 mit Onkel Heinz*
*Auf der A2 ein faules Ei*
*Auf der A3 noch ein faules Ei*
*Auf der A4 ein kühles Bier*
*Auf der A5 ... Verdammt!*

Nichts reimt sich auf fünf. *Auf der A5 strick' ich schöne Strümpf?* Nein, das klingt scheiße. Gut, es ist nur eine Zahl, aber für die bedeutsame Bezeichnung von humanen Lebewesen müsste es doch einen Reim geben. Hat selbst Goethe nicht hinbekommen. »Hallo, ich bin ein Mensch. Meine Jacke ist von Bench.« Das ist doch nichts für *Faust.*

Ich werde gleich wahnsinnig, dabei wollte ich doch nur Kaffee kochen. Dieses Lied in seiner bräsigen Dudeligkeit erinnert mich außerdem an frühere Familiengeburtstage, bei denen immer irgendjemand aus der Verwandtschaft selbstgeschriebene Gedichte vortrug.
Meine Nichte zum Beispiel. Perlen der Lyrik wie:

*Bleib immer gesund.*
*Das freut alle.*
*Auch den Hund.*

»Papa hat überhaupt keinen Hund«, schimpfte ich damals. »Und wenn er einen hätte, wäre es der devoten Töle egal, wie es Papa geht. Du hast wohl zu oft *Hachiku* gesehen. Das Leben ist kein Richard-Gere-Film. Merk dir das. Fressen, kacken, Gassi gehen. Darum geht's.«

Meine kleine Nichte fing an zu weinen.

»Das hat sie doch prima gereimt. Das Kind ist vier Jahre alt«, schluchzte Oma.

»Das ist keine Entschuldigung für Scheißlyrik«, brüllte ich. »*Gesund* auf *Hund*. Ich glaub, es hackt!«

»Egal, der Reim ist fett«, sagte Oma und fuhr auf ihrem Longboard davon.

Ich habe damals klein beigegeben. Aber bis heute proklamiere ich: Wer selbstgeschriebene Gedichte auf Geburtstagen vorträgt, organisiert auch lustige Partnerspiele auf Hochzeiten: Komm, wir lassen sie Bettlaken ausschneiden oder sich gegenseitig mit verbundenen Augen die Zähne putzen. Das ist bestimmt total witzig und trägt zur erheiternden Verbesserung der Gesamtsituation bei. Wir brauchen ganz viele lustige Spiele, damit bloß keiner auf die Idee kommt, sich zu unterhalten, zu tanzen oder Schnaps zu trinken. Am Ende haben die Menschen noch ungezwungenen Spaß. Wo kämen wir denn da hin?

Das Lied läuft noch immer. In diesem Moment reimt die Sängerin ein Wort auf sich selbst. Ein Genius, denke ich, warum bin ich da nicht gleich drauf gekommen?

*Auf der A5*
*Da sitzen fünf*
*Lebensmüde voller Not*
*wartend auf den Tod*

Klingt ein bisschen wie eine Mischung aus Kinderreim und Georg Trakl. Vielleicht etwas morbid, aber für den Anfang nicht schlecht.

Das macht mich traurig. Immer wenn ich traurig bin, gehe ich auf Instagram. Bei Instagram sind immer alle glücklich. Das gefällt mir. Einige sitzen auf Holzfußböden, stehen auf einsamen Kornfeldern und werden im Gegenlicht fotografiert. Im Internet scheint immer die Sonne. Andere essen Blaubeerpancakes und trinken Smoothies mit Chia-Samen. Im Übrigen sollte man Menschen verbieten, das Wort *Smoothie* auszusprechen. Es lässt sich mit der Einhaltung eines Mindestmaßes an Würde nicht vereinbaren. Da habe ich schon schlimme Sachen gehört. »Kalle, ich hab uns grünes Gemüse gekauft. Für dich auch 'n Schmusie?« Glauben Sie mir: Niemand will mit Spinat schmusen. Und es ist nicht so, als hätte ich es nicht probiert. Ja, ich hatte eine einsame Kindheit.

Ich schaue bei Instagram nach, ob mich schon mal jemand als Lieblingsmensch gehashtagt hat. Hat keiner, also verlasse ich die App wieder. Eigentlich macht es mich doch traurig. Die direkte Konfrontation mit dem Glück anderer wirkt kontraproduktiv. Warum gibt es eigentlich noch keinen Gegenentwurf zu Instagram? Antigram: eine Plattform für sehr traurige und hässliche Menschen, die ständig im Regen stehen oder ihr Mikrowellenessen fotografieren? Ein bisschen Elend, an dem man sich selbst aufbauen kann.
Früher hatte man doch auch immer einen Menschen im Freundeskreis, der sein Leben nicht auf die Kette bekommen hat. Und wenn man bedrückt war, musste man den nur anschauen und wusste: Es könnte alles viel, viel schlimmer sein. So eine Art Antipol. Apropos, ich sollte mal wieder meinen besten Kumpel Frank anrufen.

»Hallo«, raune ich. »Musste gerade an dich denken.«
»Aha«, sagt Frank.

»Du bist mein Lieblingsmensch.«

»Was hast du denn geraucht, du Hippie?«, grummelt Frank.

»Ich meine das ernst. Du bist toll. Könntest du mir einen Gefallen tun und mich auf Instagram als Lieblingsmensch hashtaggen? Nur fürs Ego.«

»Ich hab kein Instagram. Ich kann diese ganze Social-Network-Scheiße nicht mehr ertragen.«

»Hast du nicht deine Frau bei Tinder kennengelernt?«, frage ich.

»Du hast deine Mutter bei Tinder kennengelernt«, sagt Frank.

»Wir schreiben das Jahr 2016, und du machst ernsthaft noch Deine-Mutter-Witze?«

»Chuck Norris macht 2017 noch Deine-Mutter-Witze«, sagt Frank.

Ich gebe auf. Er ist ein hoffnungsloser Fall.


Noch immer stehe ich in der Küche. Das Lied ist endlich zu Ende. Diese Lieblingsmensch-Geschichte macht mich fertig. Ein einziges Trauma, das mich an meine Schulzeit erinnert. Damals in der Mittelstufe hat man immer Freundeslisten angefertigt, bei denen die Mitschüler nach Beliebtheit in absteigender Reihenfolge tabellarisch aufgeführt wurden. Auf Platz 1 war der beste Freund, auf Platz 2 der mit den reichen Eltern und dem Pool im Garten und auf Platz 3 der Stille, der zwar nie was sagt, aber immer Kippen hat.

Es war ein einziges Desaster. Ich hatte immer Kippen, war aber trotzdem niemandes Lieblingsmensch. Mein Leben war hoffnungslos. Mir hätte man damals kein Gedicht geschrieben. Und wenn dann etwas wie: *Lieber Kompromissmensch, schön dass du im Raum bist. Besser mit dir, als einsam zu sterben. Kleinvieh macht auch Mist. Hast du mal 'ne Zigarette? Mein Name ist Annette.*

»Hör auf, vor dich hin zu brummeln. Du bist wie ein alter verbitterter Mann.«

Vor mir steht die Freundin. Endlich ist sie wach.

»Ja«, erwidere ich. »Ich werde einsam mit zwanzig Katzen sterben.«

»Sei nicht immer so ein Misanthrop.«

»Misanthropen sind nur enttäuschte Philanthropen. In Wahrheit liebe ich Menschen. Ich kann das nur nicht so zeigen.«

»Menschen sind doch faszinierend.«

»Genauer betrachtet«, sage ich, »sind Menschen auch nur Leute.«

»Aha! Hast du eigentlich schon den Kaffee aufgesetzt?«

»Ja, sah aber albern aus.«

»Ich hasse deinen Humor«, sagt sie. »Und warum siehst du eigentlich dauernd aus dem Fenster? Ist da jemand?«

»Ach«, sage ich, »nicht so wichtig.«

# GESPRÄCH ÜBER KUNST

*Im Museum.*
*Ein Ehepaar steht vor einem abstrakten Gemälde. Sie schaut interessiert und begeistert, er hingegen wirkt leicht skeptisch.*

SIE: »Ganz schön faszinierend. Nicht wahr, Jürgen?«

ER: »Na ja …«

SIE: »Aber die dynamische Linienführung! Dieser Schwung, dieser Elan! Und die Farben erst.«

ER: »Ich frage mich die ganze Zeit, was denn die Aussage sein könnte.«

SIE: »Das liegt ganz bei dir.«

ER: »Aber irgendeine Botschaft muss es doch haben.«

SIE: »Kunst liegt im Auge des Betrachters. Das weißt du doch.«

ER: »Ich verstehe es jedenfalls nicht.«

SIE: »Musst du ja auch nicht.«

ER: »Das hätte ich auch noch hinbekommen …«

SIE: »Wenn du meinst …«

ER: »Kennst du die Geschichte von dem Zoo-Affen, dessen Bilder jetzt ständig versteigert werden?«

SIE: »Hab ich von gehört.«

ER: »Könnte auch von ihm sein.«

SIE: »Kennst du die Geschichte von dem berühmten Millionär, der nicht nur ein erfolgreicher Maler, sondern auch sehr humorvoll und attraktiv ist?«

ER: »Nee.«

SIE: »Könntest auch du sein. Bist du aber nicht. Und jetzt halt die Klappe.«

ER: »Manchmal kannst du sehr verletzend sein.«

# Der Zeitreisende

Meine Vorliebe für Kinofilmzitate und U-Bahn-Fahrten eignet sich perfekt, um jedwede beizeiten aufkommende Langeweile im Keim zu ersticken. Kürzlich erst stellte ich mich in der U-Bahn schlafend und wartete, bis jemand neben mir Platz nahm. Als mir der Moment passend erschien, rieb ich mir hektisch die Augen, sah mich nervös um und verlangte nach einer aktuellen Tageszeitung …

ICH: »Können Sie mir bitte sofort sagen, welches Jahr wir haben?«

ER: »2016.«

ICH: »Ach! Du! Scheiße!«

ER: »Wollen Sie mich verarschen?«

ICH: »Was machen wir hier in diesem stählernen Lindwurm?«

ER: »Das ist eine U-Bahn.«

ICH: »U?«

ER: »Untergrund?«

ICH: »Sagen Sie bloß, das Ding fährt unter der Erde?«

ER: »Natürlich. Seit vielen Jahren schon.«

ICH: »Wie lange war ich denn eingefroren?«

ER: »Das weiß ich doch nicht. Aber wenn Sie in einer U-Bahn aufwachen, kann es nicht so lange her sein.«

Ich: »Sie scheinen mir ein cleveres Kerlchen zu sein. Sind Sie Wissenschaftler?«

Er: »Nein, Hufschmied.«

Ich: »Echt jetzt?«

Er: »Fast. Ich bin Schauspieler.«

Ich: »Dann machen Sie einen verdammt guten Job. Ich habe Ihnen die Nummer mit der U-Bahn fast abgekauft.«

Er: »Und Sie machen einen sehr schlechten Job. Denn Sie haben eine entwertete Fahrkarte in der Hand.«

Ich: »Verdammt.«

Er: »Ich muss jetzt aussteigen, mach's gut, McFly.«

Ich: »Und passen Sie auf sich auf. Draußen zürnen die Götter. Es heißt, ein Sturm ziehe auf. Der Seher hat's mir prophezeit.«

Er: »Sie geben wohl nie auf.«

# FAUST III –
## EINE MAFIAGESCHICHTE IN BEIGE

Schau mal«, sage ich zu Oma, während wir die Dortmunder Einkaufsstraße entlanggehen, und zeige auf einen Mann mit einem Pappschild in der Hand, der just in diesem Moment entschlossen auf uns zukommt.

»›Free hugs?‹«, fragt Oma. »Was heißt das?«
»›Kostenlose Umarmungen‹. Wenn dir im Alltag die Liebe fehlt, nimmt dieser Mann dich in den Arm, und vielleicht ist die Welt dann ein kleines bisschen besser.«
»Der kriegt gleich kostenlos auf die Schnauze, wenn der mich anfasst. Das kannst du der Flitzpiepe sagen.«
Alleine für die Verwendung von Wörtern wie *Flitzpiepe* muss man Oma schon gernehaben, wobei ihr Vokabular der aggressiven Grundstimmung eine unangebrachte Niedlichkeit verleiht.
»Ich mache ihm ein Angebot, das er nicht ablehnen kann«, sage ich und fühle mich wie der Pate persönlich.
Auch wenn ich mir sicher bin, dass sie es nicht wörtlich meint, beschließe ich, ihrer Anweisung Folge zu leisten. Fest entschlossen, dem Fremden von seinen finsteren Zukunftsaussichten zu berichten, marschiere ich schnurstracks auf den sonderlichen Kerl zu und fühle mich dabei wie ein Schläger-

typ der Mafia, der eine letzte kleine Warnung ausspricht, bevor die Patin eines Tages unerwartet zuschlägt.

»Obacht, Sie Lümmel«, sage ich. »Mögen Sie Ihre kessen Schelmereien doch bitte im Zaum halten. Meine Frau Großmutter ist dem Schabernack heute nicht zugetan.« Ich zeige auf Oma und stelle sie mir als zähnefletschenden Kampfhund vor. »Lange werde ich sie nicht zurückhalten können.«

»Dann wird es Zeit, sie zu bekehren«, sagt der Mann. »Die Welt ist so kalt geworden, und ich habe so viel Liebe zu geben!«

»Na, dann viel Spaß. Hals- und Beinbruch.«

Nur wenige Sekunden später höre ich ein dumpfes Geräusch und sehe eine Art Schweif am Himmel. In aller Kürze: Omas Schwächen: mangelnder Pazifismus. Omas Stärken: Kinnhaken. Die alte Dame scheint physisch noch gut in Schuss zu sein. Großartig. Free hugs für Petrus, denke ich.

»Was war das denn, Oma?«

»War wie beim Fahrradteilehändler«, sagt sie. »Er hat 'ne Schelle kassiert.«

»Ein schöner Vergleich. Du sollest Raptexte schreiben.«

»True story.« Oma ballt die Hand zur Faust.

Seit ich ihr vor einigen Tagen Gangsterfäustchen beigebracht habe, hat sie im Viertel deutlich an Kredibilität gewonnen.

Oma war schon immer eine Instanz der Garstigkeit. Eine Art Ruhrgebiets-Justitia mit Blusenbrosche. Früher stand sie den ganzen Tag radiohörend am offenen Fenster und beschimpfte die spielenden Kinder auf der Straße. Die Kinder und Nachbarn beschwerten sich über Oma, aber als sie dann aus dem Viertel zog, sehnten sich alle nach ihr. Am meisten vermissten sie die Kinder, weil sie mit ihrer neugewonnenen Freiheit völlig überfordert waren. Oma war eine Bastion, sie kultivierte die Pöbelei in ihrer höchsten Form. Anders ausgedrückt: Oma war die Endgegnerin der guten Laune.

»Ich lass mich doch nicht von Fremden umarmen. Was glaubt der Mann, wer er ist?«
»Stimmt«, sage ich.
»Keinen Respekt mehr, diese jungen Leute. Aber das war früher auch nicht besser. Als ich damals schwanger war, haben mir ständig wildfremde Menschen an den Bauch gefasst und Dinge gemurmelt wie: ›Ja, da ist ja der kleine Wurm.‹ Eine Unsitte.«
»Und dann?«
»Dann hab ich ihnen auf die Schnauze gehauen. Da war schnell klar, wer der Wurm ist.«

Oma war schon immer eine klassische Abräumerin. Eine Art hölzerner Libero auf dem Bolzplatz des Lebens, dessen mangelnde technische Fähigkeiten durch Kampfgeist und rustikale Blutgrätschen kompensiert wurden. So einen Spielertyp braucht jede Mannschaft, um Meisterschaften zu gewinnen. Und solche Menschen braucht jede Gesellschaft, um sich weiterzuentwickeln. Die Generationen brauchen Reibungspunkte und Konflikte untereinander, sonst würde alles in ein einziges Hippie-Festival ausarten.

Wir gehen weiter. Vor einem Sparkassen-Automaten steht ein junger Mann mit einem soeben abgehobenen Zehneuroschein in der Hand und macht ein Selfie von sich und der Banknote. Dann tippt er auf seinem Handy herum und scheint eine SMS verschicken zu wollen. Was er wohl schreibt?

*OMG! Wir haben's geschafft. Pack deine Koffer und dann
weg von hier ...*

Man weiß es nicht. Vielleicht ist er auch ein Zeitreisender. Ich
denke an meine U-Bahn-Masche.

Ehe ich mich versehe, fängt Oma wieder an zu pöbeln: »Was
macht der denn da? Ständig fotografieren sie sich, diese selbst-
verliebten Hampelmänner. Unerträglich.«

Im nächsten Moment steckt sie dem jungen Mann einen
weiteren Zehneuroschein zu und sagt: »Hier, jetzt sind Sie
reich. Und wissen Sie, was ich machen würde, wenn ich so
richtig reich wäre? Aus der Stadt verschwinden. Und zwar
schnell. Gehen Sie mit Gott. Aber gehen Sie.« Oma macht
eine kurze Atempause. »Was haben Sie da überhaupt in der
Hand?«

»Einen Selfie-Stick.«

»Was ist das denn?«

»Das ist ein Stab, den Sie an Ihr Handy stecken, damit Sie sich
besser selbst fotografieren können.«

»Sagen Sie das noch mal!«

»Das ist ein Stab, den Sie an Ihr Handy stecken, damit Sie sich
besser selbst fotografieren können.«

Oma nickt. »Ist Ihnen aufgefallen, dass dieser Satz ein Anagramm ist?«

»Wirklich? Und was kommt heraus?«

»Ich führe eine jämmerliche Existenz und verdiene eine Respektschelle.«

Dafür liebe ich Oma. Nichts ist peinlicher als Menschen,
die mitten im Leben stehen und sich unbeholfen bei der Jugend einschmeicheln wollen. Das hat dann meist etwas von:
»Hey, wir sind die katholische Kirche und machen eine
ganz kesse Graffiti-Aktion mit Jugendlichen namens ›Pray
and Spray‹.«

Wobei ich Oma natürlich nicht mit der katholischen Kirche vergleichen möchte. Es geht nur ums Prinzip. Dass man dazu stehen sollte, was man ist. Die katholische Kirche hat die katholische Kirche zu sein. Und als solche hat sie sich auch nach außen zu verkaufen. Dann akzeptiere ich mit Abstrichen, wenn sich Menschen ihr anschließen, eben weil sie alt und konservativ sind. Jede Peergroup braucht ihre Plattform.

In Würde altern – darum geht's. Ich kann Menschen nicht ernst nehmen, die mit sechzig noch in Großraumdiscos gehen und sich Alcopops hinter die Binde gießen. Oma hingegen ist mein Vorbild. Mit Stolz und Souveränität meisterte sie den Herbst ihres Lebens, ohne sich anzubiedern.

Nicht auszumalen, wie Oma reagieren würde, wenn sie mitkriegen würde, dass YouTube-Stars Geld damit verdienen, vor laufender Kamera Einkaufstüten auszupacken und Drogeriemarktartikel zu testen. In Asien scheint der neuste Trend darin zu bestehen, dass Menschen sich selbst beim Essen filmen. Sie reden nicht, sie essen. Mehr nicht. Und die Kids schauen sich das an. Irgendwann gibt es YouTube-Kanäle, bei denen man anderen Menschen beim Kacken zuschauen kann. Eine düstere Vision. Oma halte ich seit Jahren vom Internet fern. Ein bisschen wie bei *Goodbye Lenin*.

PLUUUUUMPF! (Ich weiß übrigens nicht, ob dies das korrekte Geräusch eines Aufpralls ist, aber ich stelle es mir so vor.) Der Free-Hugs-Mann scheint seine Reise jedenfalls beendet zu haben. Wir blicken in einen Krater zu unseren Füßen.
»Na? Schon zurück?«
»Ich habe noch immer sehr viel Liebe zu geben.«

»Was haben Sie gesagt?«

»Ich habe noch immer sehr viel Liebe zu geben.«

»Hören Sie das? Sie können hier noch was lernen.« Oma tippt dem jungen Kerl, der immer noch mit seinem Selfie-Stick neben ihr steht, auf die Schulter. »Das wiederum war kein Anagramm, sondern ein Palindrom. NEBEG UZ EBEIL LEIV RHES REMMI HCON EBAH HCI.«

»Und was heißt das?«

»Das ist Latein und bedeutet: Auch ich führe eine jämmerliche Existenz und verdiene eine Respektschelle.«

Der Selfie-Typ nickt stumm.

»Cicero«, sagt Oma. »Tut mir leid.«

»Alte Schule«, bestätige ich.

»Und jetzt geben Sie mir mal bitte Ihren Selfie-Stab!«

Resignierend willigt der junge Mann ein.

Oma bricht den Stick in der Mitte durch und raunt: »So, jetzt sehen Sie aus wie ein richtiger Drummer. Wenn Sie mögen, können Sie die Schelle perkussiv begleiten.«

»Ich wollte schon immer mal eine Band gründen«, sagt er.

Nur wenige Sekunden später höre ich erneut ein dumpfes Geräusch und sehe eine Art Schweif am Himmel.

Stolz sehe ich Oma an.

»Jemanden lieben heißt, als Einziger ein Wunder begreifen, das für alle anderen unsichtbar bleibt.«

»Cicero?«

»Nein. *Der Pate*.«

»Weißt du, im Regenbogen der guten Laune bist du das Beige.«

»Danke«, sagt Oma und gibt mir Gangsterfäustchen.

# ANSICHTEN EINES KIOSK-BESITZERS

*Den Kiosk-Mann meines Vertrauens schätze ich für vieles. Am meisten aber bewundere ich seine unbekümmerte Art, komplizierte Sachverhalte einfach auszudrücken ...*

## – I –

KUNDE: »Einmal die *Bild*, bitte.«
KIOSK-MANN: »Kommen Sie näher und riechen Sie mal!«

*Der Kunde hält seine Nase durch das Fenster und schnuppert.*

KIOSK-MANN: »Und? Merken Sie was? Riecht es hier irgendwie nach Scheiße?«
KUNDE: »Nein.«
KIOSK-MANN: »Sehen Sie! *Bild* gibt's hier nicht.«
KUNDE: »Sie sind aber wieder zickig heute.«

KUNDE (NACH EINEM BLICK AUF DIE ZEITUNGEN IN DER AUSLAGE): »Das nimmt ja gar kein Ende mehr. Erst die Griechen, jetzt die ganzen Flüchtlinge. Und am Ende muss der kleine Mann alles bezahlen. Wo soll das denn noch hinführen?«

KIOSK-MANN: »Stellen Sie sich die Flüchtlingskrise als große WG-Party vor. Am Anfang tanzen alle noch durch die ganze Wohnung, und spätestens um 1:00 Uhr sitzen alle zusammengequetscht in der Küche. Funktioniert doch auch immer. Sind meistens sogar die besten Partys. Machen wir also das Beste draus.«

KUNDE: »Aha.«

KIOSK-MANN: »Natürlich könnte man die Party auch in den Garten verlegen, aber leider hat der Gastgeber zuvor selbst eifrig mitgeholfen, das ganze Treppenhaus vollzukotzen.«

KUNDE: »Eigentlich wollte ich nur Zigaretten kaufen.«

KIOSK-MANN: »Eigentlich können Sie das auch woanders tun.«

– III –

KIOSK-MANN: »Das größte Problem der Gutmenschen ist die Anwesenheit von zu vielen Scheißmenschen.«

KUNDE: »Schiller?«

KIOSK-MANN: »Nein. Ich.«

# Das Objekt

*Langweiliger Titel, ich weiß. Klingt wie ein John-Grisham-Roman. Ich hätte die Geschichte auch »Regen, der auf Flieder nieselt« oder »Das Zaudern des Perlmuttfalters« nennen können, aber bleiben wir bei der Wahrheit, denn eigentlich geht es um den Immobilienmarkt. Beginnen wir jedoch von vorne …*

Außer einem Anzug, den ich einst von meinem Großvater geerbt habe, beschränkt sich der Inhalt meines Kleiderschranks im Wesentlichen auf Flanellhemden und eine handverlesene Auswahl an Bademänteln. Davon kann man halten, was man möchte – bequem sind die Dinger, für Geschäftstermine aber leider eher ungeeignet. Wobei sich zumindest bei der Sparkasse alle daran gewöhnt haben, wenn ich morgens in feinstem Frottee auf der Matte stehe.

Mein Großvater war ein angesehener Makler und immer adrett gekleidet. Als er mir das gute Stück vermachte, wusste ich noch nicht, wie sehr es mein Leben beeinflussen sollte. Der Anzug verkörperte für mich die pure Eleganz – edler schwarzer Stoff, dünne Nadelstreifen, selbstverständlich maßgeschneidert. Also für Opa, nicht für mich. Mir war der Anzug ungefähr fünf Konfektionsgrößen zu groß und wirkte ein wenig eckig. Als wäre ich eine Mischung aus einem Bankberater und einem Transformer. Man kann eben nicht alles haben.

Leider gibt es nur selten Situationen, in denen ich das gute Stück anziehen kann. Okay, da war zum einen die Hochzeit eines engen Freundes, bei der ich nach der kirchlichen Trauung dringend auf Toilette musste und mich einfach hinter einen Baum stellte, um mein Geschäft zu verrichten. Als ich von irgendwoher ein komisches Geräusch hörte, drehte ich mich pinkelnd zur Straße um. Und genau in diesem Moment fuhr die gesamte Hochzeitsgesellschaft in einer Wagenkolonne an mir vorbei. Anstatt die Situation galant zu überspielen, grüßte ich fröhlich und fuchtelte mit dem linken Arm wie eine chinesische Winkekatze. Peinlich.

Auf der anschließenden Feier dachte ich zunächst, dass das Zwischenspiel längst in Vergessenheit geraten sei. Doch dann schnappte ich im Laufe des Abends ständig Gesprächsfetzen auf wie: »Der schlimmste Tag meines Lebens«, »Eine Schande für die Familie«, »Da ist der Pisser« und andere subtile Kommentare zu meiner Person. War nicht so schön. Da hat es der Anzug auch nicht mehr rausgerissen.

Ich erinnere mich außerdem an diverse Aufenthalte in Konferenzhotels während meiner Lesereisen und daran, dass ich hin und wieder sowohl den Anzug als auch ein Blanko-Namensschild mitgenommen habe, um mich vor Ort in willkürliche Tagungen und Firmengalas hineinzuschmuggeln.

Vor kurzem erst schlüpfte ich während eines Wien-Aufenthalts recht spontan in die Rolle von Willibald Cernko – Vorstandsvorsitzender der Bank Austria. Ich hatte zwar keine Ahnung vom Thema, aber es gab guten Kaffee. Und Torte. Sehr viel Torte. Dumm nur, dass ich wenige Sekunden später aufgerufen wurde, eine PowerPoint-Präsentation zu halten. Es folgte also kurzfristig das Erfolgsporträt: »Willibald Cernko – Banker, Vater, Kuchenfreund«.

Aufgrund der tobenden Begeisterung feile ich jetzt an einer Fortsetzung, möglicherweise in Form einer Trilogie. Sehen Sie also bald im Konferenzhotel Ihres Vertrauens: »Willibald Cernko – die Anatomie des Aufstiegs« und »Willibald Cernko – meine Initialen sind für'n Arsch«.

Dann gab es noch die Phase in meinem Leben, in der ich viel Zeit auf dem Balkon verbracht und mir aus Langeweile ein kleines Spiel ausgedacht habe: Kurz vor Sonnenaufgang schlich ich aus dem Haus und verteilte in gleichmäßigen Abständen Fünfcentmünzen auf dem Bürgersteig. Dann ging ich wieder in die Wohnung, zog mir den Anzug und eine verdunkelte Pilotenbrille an und setzte mich mit einer alten Ausgabe der *Financial Times* auf den Balkon. Immer wenn jemand über den Bürgersteig trottete und sich nach einer Münze bückte, rief ich hinunter: »Was ist schon Würde?« Oder: »So hab ich auch mal angefangen. Und nun, seht her, ein gemachter Mann.«
Ein bescheuerter Zeitvertreib, den ich oft schon am Vorabend bereute. Denn ich hätte die Fünfcentstücke schließlich selbst brauchen können, träumte ich doch von einer größeren Wohnung – meistens dann, wenn ich im Bademantel auf der Couch saß und mir Vorabendserien wie *Mieten, Kaufen, Wohnen* ansah.
Die Freundin schimpft dann immer: »Lies doch mal ein Buch, du hast doch so viele im Regal.«
Offensichtlich weiß sie bis heute nicht, dass es sich bei dieser Bücherwand in Wahrheit um eine überdimensionale Attrappe handelt. Kennt man ja aus Filmen, in denen die russischen Großinvestoren geheime Schließfächer hinter einer Dostojewski-Gesamtausgabe verbergen. Bei mir ist es eben eine gesamte Wand. Wenn ich auf den Schalter drücke, verschwindet die Wand im Boden, und ich stehe sofort in einer Kneipe.

Eingepfercht in einen kleinen Hohlraum, wohnt ein Wirt hinter seinem Tresen und sorgt für das tagtägliche Herrengedeck. Stimmt zwar nicht, wäre aber schön. Orkan arbeitet jedenfalls seit Jahren an den architektonischen Entwürfen. Irgendwann wird der Tag kommen.

Kioskbesitzer Orkan behauptet übrigens bis heute, sein Name sei Zeugnis dafür, dass seine anatolischen Eltern ihn in einem Wirbelsturm gezeugt hätten. Ich möchte nicht wissen, warum Orkans Sohn Unmut heißt.

Damals galt für den klassischen Kiosk übrigens eine einfache Unternehmensstruktur und ein klar definiertes Warensortiment: Eis, Getränke, Zeitschriften, Tabakwaren. Fertig. Der moderne Büdchenbesitzer ist jedoch eher eine Art Universalgelehrter. Der kann und macht alles. In Comic-Sans-Schrift wird in heutigen Schaufenstern das ganze Repertoire angepriesen: Eis, Getränke, Zeitschriften, Tabakwaren, An- und Verkauf, Faxen und Kopieren, Laserschwerter, Organhandel, Rechtsberatung und Hirnchirurgie.

Eins habe ich jedenfalls von Orkan gelernt: Flexibilität ist alles. Was auch immer du gelernt hast, am Ende entscheidest du selbst, was du daraus machst. Man könnte auch sagen: Wenn das Leben dir einen Gewerbeschein gibt, werde Anwalt. Oder Hirnchirurg.

»Dieser Anzug«, sagte Orkan einmal, »ist deine Eintrittskarte in eine neue Welt. Du wirst schon sehen. Und vielleicht wirst du irgendwann in die Fußstapfen deines Großvaters treten.«

Zugegeben, die Welt der Immobilien reizte mich schon immer. Schon als Kind begleitete ich Opa gelegentlich zur Arbeit und saugte die Dialoge mit den Kunden auf. Als ich mit sieben Jahren eingeschult wurde, sagte ich zur Klassenlehrerin: »Ich setze den Vertrag auf. Es scheint sich um einen sehr interessanten Abschluss zu handeln.«

Die Maklersprache ist etwas Wunderbares. Mein Lieblingssatz lautet: »Ich interessiere mich für das Objekt.« Kann man übrigens überall anwenden.

Morgens an der Wursttheke:

»Eine schöne Bärchenwurst haben Sie da. Ich interessiere mich für das Objekt. Über welchen Preis sprechen wir hier?«

»1,20 Euro für hundert Gramm.«

»Hundert Gramm? Ich hätte gerne neunundvierzig Quadratmeter.«

»Ich verkaufe keine Bärchenwurst nach Quadratmetern.«

»Dann ist das Objekt für mich nicht mehr interessant.«

Fände ich großartig. Tragen Sie einen Anzug dabei, und der Spaß ist Ihr Gefährte. Mittlerweile bin ich recht bewandert, was die Maklersprache angeht. Ein Tipp: Wenn Sie eine marode Bruchbude mit schiefen Wänden im Industriegebiet von Wanne-Eickel mitten an der Autobahn verkaufen wollen, schreiben Sie bloß nicht *Verkaufe hässlichen Ranzschuppen an der A42. Ab und zu pinkeln ein paar Fernfahrer in Ihr Blumenbeet, aber im Prinzip haben Sie Ihre Ruhe.* Nein, benutzen Sie folgende Begrifflichkeiten:

1. individuell geschnitten
2. zentrale Lage
3. seriöses Umfeld
4. für Bastler geeignet

»Für Bastler geeignet« ist der schönste Euphemismus der Welt. Mit diesem Zusatz können Sie alles verkaufen. Auch Bruchbuden in Wanne-Eickel.

Aber kommen wir zum Punkt. Seit ich Großvaters Anzug habe, verabrede ich mindestens einmal die Woche Besichtigungstermine für riesige Villen und Schlösser mit professionellen Maklerbüros. Das ist für mich eine optimale Gelegenheit, die Konkurrenz zu beobachten und meine Nische zu ergründen. Zudem ist es eine gute Möglichkeit, kurzzeitig an der Welt der Schönen und Reichen zu partizipieren. Ein Schauspiel, das mir jedes Mal wieder aufs Neue immense Freude bereitet.

Heute ist es wieder so weit. Orkan und ich betreten das Hoftor der Jugendstilvilla, als uns der Makler im Garten begrüßt. Orkan und ich bleiben stehen.

»Schönen guten Tag. Müller von *Müller und Söhne Immobilien.*«

»Ah. Familienbetrieb?«, frage ich.

»Nein, das denken viele, aber mit dem Namenszusatz *& Söhne* ist ein gewisser Sören Söhne gemeint. Dem Mann gehört die halbe Welt, wissen Sie.«

Orkan und ich sind verwirrt.

»Wie dem auch sei«, sage ich. »Ich interessiere mich für das Objekt.« Hierfür nutze ich meine seriöse N24-Doku-Stimme. Egal, wie belanglos das ist, was man sagt, es klingt, als würde man eine Invasion von Kriegsschiffen beschreiben. Beiläufig strecke ich dem Makler einen Zehneuroschein in die Hand. »Haben Sie das schon mal gemacht?«, frage ich.

»Was denn?«, fragt er verunsichert.

»Nehmen Sie Ihr Geld selbst in die Hand.«

»Ah. Cortal Consors«, der Makler nickt, als hätte er verstanden.

»Richtig«, bestätige ich. »Aber Sie können Kortell zu mir sagen.«

»Und wie heißen Sie?« Der Makler sieht Orkan fragend an.
»Mortal. Mortal Combat. Aber Sie können mich Mortell nennen.«
Auf Orkans Improvisationskünste ist wie immer Verlass.

Nach der etwa zweistündigen Hausbesichtigung stehen wir erneut auf der Terrasse.
Der Makler resümiert: »Zwölf Zimmer, selbstregulierende Bodenheizung, goldene Wasserhähne, verchromte Duschkabine mit LED-Himmel, Bangkirai-Saunabereich und einen Wintergarten von der Größe Norwegens. Was sagen Sie? Gefällt es Ihnen?«
»Klingt ganz gut«, sage ich. »Aber ein bisschen karg ist es hier.«
Orkan hakt ein: »Außerdem, merken Sie es nicht? Fehlt hier nicht eine Kleinigkeit?«
»Was denn?«
»Na, ein Treppenlift. Ein Haus ohne Treppenlift ist für meinen Mandanten nichts wert. Wissen Sie, in zwei Jahren wird er mit seinen Raucherbeinen keine Stufe mehr gehen können. Also sehen Sie zu, dass hier noch ein Treppenlift installiert wird, und dann können wir noch mal über die Sache reden. Verzeihen Sie, ich meine über das Objekt. Über welchen Betrag reden wir hier eigentlich?«
»Na ja«, sagt der Makler. »Es handelt sich hier um ein Objekt mit einer reinen Nutzfläche von zweihundert Quadratmetern. Ruhige Lage, seriöses Umfeld, renoviert und teilmöbliert. Insgesamt wäre das ein Kaufpreis von 1,65 Millionen Euro. Wäre das erschwinglich für Sie?« Er sieht mich fragend an.
»Na ja, sagen wir mal so, menschlich bin ich echt ein Pfundskerl. Mit mir werden Sie keine Probleme haben. Ich bin ein

ruhiger Typ, bescheiden und genügsam. Wenn wir jetzt über Monetäres reden … da wird's eng. Ich möchte ehrlich zu Ihnen sein. Ich hab in den letzten Tagen einige Euros auf dem Balkon verzockt. Bei 1,6 hätte ich auf der Stelle eingewilligt, aber so …«

»1,6 Millionen ist okay«, sagt der Makler. »Ich denke, ich kann noch ein wenig runtergehen.«

»1,6 Tausend«, sage ich.

Der Makler sieht mich verwirrt an. »Wollen Sie mich verhohnepipeln?«

»Was für People?«

»Verhohnepipeln. Ich verhohnepipele, du verhohnepipelst, er, sie, es verhohnepipelt. Ob Sie mich verarschen wollen? Jetzt mal ganz im Ernst: Können Sie diesen Betrag bezahlen?«

Orkan meldet sich erneut zu Wort: »Mein Mandant beliebt zu scherzen. 1,6 wäre erschwinglich für uns. Aber in diesem Zustand? Ich weiß ja nicht. Basteln ist jedenfalls nicht unsere allergrößte Leidenschaft«

»Wer ist eigentlich dieser Mann?« So langsam scheint Herr Müller ungeduldig zu werden.

»Das ist Kortell, mein Anwalt. Er ist manchmal etwas zerstreut. Zu viel Arbeit! Wissen Sie, er betreibt nebenberuflich noch einen Kiosk in der Südstadt. Ecke Lessingstraße.«

»Die Ecke kenne ich. Da sitzt immer so ein Typ auf dem Balkon und pöbelt die Leute an.«

»Schon von gehört«, sage ich. »Freak.«

Herr Müller mustert mich. »An irgendwen erinnern Sie mich.«

»Das mag wohl sein. Um es mit den Worten Khalil Gibrans zu sagen: ›Erinnerung ist eine Form der Begegnung, Vergesslichkeit eine Form der Freiheit.‹ Wie dem auch sei, wir müssen los.«

»Was ist denn nun mit der Villa? Soll ich sie reservieren? Bis morgen früh müssten Sie sich entscheiden.«

»Hat sie denn ein begehbares Bücherregal?«

»Tut mir leid. Nicht, dass ich wüsste.«

»Dann ist das Objekt für mich nicht mehr interessant.«


Am Abend sitzen Orkan und ich erneut auf dem Balkon. Wir trinken Bier und beobachten die Passanten. Wenn Spaziergänger an uns vorbeikommen, synchronisieren wir ihre Lippenbewegungen mit berühmten Zitaten.

Als Herr Müller missmutig die Straße entlangtrottet, flüstert Orkan:« ›Die Grundlagen der menschlichen Psychologie gehören zu meinen Subroutinen.‹«

»War das Fromm?«, frage ich.

»Nein, *Terminator III*.«

»Hach, du bist so belesen.«

»Ich weiß.«

Wir prosten uns vertraut zu.

Ich schaue Orkan lange in die Augen. »Schön, dass es dich gibt.«

»›Im Busen eines Freundes widerhallend verliert sich nach und nach des Schmerzes Ton‹«, murmelt Orkan.

»Wieder *Terminator III*?«

»Nein, Goethe.«

»Hihi. Du hast Busen gesagt.«

# NEUES AUS DER WORTSPIELHÖLLE

*Liebes Patentamt,*

*im Zuge zunehmender Zwangskreativität bezüglich der Namensgebung im Gastronomie-, Dienstleistungs- und Einzelhandelssektor möchte ich mir folgende Rechte sichern:*

*1. AlibaBar und die vierzig Säufer – beliebige Bahnhofskaschemme*

*2. Gym Knopf – Fitnessstudio & Änderungsatelier*

*3. Cradle of Filz – Bastelgeschäft mit Schwerpunkt auf schwarzen Stoffen*

*4. Faird – Metzgerei für fair gehandeltes Pferdefleisch*

*Küsschen und vielen Dank,*
*P. Salmen*

# MENSCHEN UND TEEBEUTEL –
## EINE TYPOLOGIE

*In meinem bescheidenen Dasein als Küchenpsychologe habe ich mir die Mühe gemacht, die klassische Humoralpathologie zur Bestimmung der menschlichen Temperamente, auch bekannt als Viersäftelehre, zu revolutionieren, um langfristig ein moderneres Klassifizierungssystem zu etablieren.*

*Hierzu genügt eine Verhaltensanalyse in einer ganz alltäglichen Situation: Was macht der Mensch mit dem Teebeutel nach Ablauf der Ziehzeit? Die verschiedenen Herangehensweisen lassen diverse Rückschlüsse auf den Charakter zu. Aber überzeugen Sie sich selbst ...*

**TYP 1:**
Der nasse Teebeutel wird unmittelbar und ohne Rücksicht auf Verluste zum nächstgelegenen Mülleimer gebracht – dabei tropft der Beutel natürlich den Boden voll, und man muss anschließend mit einem feuchten Lappen hinter betreffender Person herwischen.

Sozialer Status: Sozialpädagoge
Charakter: heimlicher Egozentriker, Abenteurer
Musikgeschmack: Heavy Metal

Lieblingsschauspieler: Klaus Kinski
Lebensmotto: Sky is the limit
Kindheitsheld: Peter Pan

## Typ 2:

Der nasse Teebeutel wird umgehend auf ein separates Teller-chen gelegt, das man selbstverständlich vorher auf dem Tisch positioniert hat. Dieses Tellerchen dient ausschließlich der La-gerung von Teebeuteln. Sollte man als Gast auf die verrückte Idee kommen, Eierschalen oder Pralinenpapier dort abzule-gen, bekommt man einen sanften, jedoch entschlossenen Klaps auf die Finger.

Sozialer Status: Adel
Charakter: mild, besonnen, risikoscheu
Lieblingsmoderator: Markus Lanz
Lieblingsbuch: *Ich bin dann mal weg*
Kindheitsheld: Rosamunde Pilcher
Tattoo: Notenschlüssel (Fußsohle)

## Typ 3:

Nach Ablauf der Einwirkzeit wird der Teebeutel einfach in der Tasse hängen gelassen, so dass er beim Trinken permanent am Fressbrett herumschlackert.

Sozialer Status: ziemlich weit am Boden
Charakter: faul, behäbig, unmotiviert
Hobbys: Crystal Meth
Kindheitsheld: Satan, Hitler
Tattoo: Satan, Hitler (Unterarm)

**Typ 4:**

Der nasse Teebeutel wird auf den Löffel gelegt und nach gezieltem Umwickeln mit dem Teebändchen intensiv ausgepresst, bis keine Restfeuchtigkeit mehr vorhanden ist.

Sozialer Status: Schwabe
Charakter: geizig, radikal, perfektionistisch, Gewalt- und Folterfantasien
Hobbys: Erdrosselung, Fesselspiele
Lieblingsbuch: *Fifty Shades of Grey*
Kindheitsheld: Mac Gyver (weil er immer ein Seil dabeihatte)

**Typ 5:**

Nach Ablauf der Ziehzeit wird der nasse Teebeutel durch einen gezielten Wurf gekonnt in den meterweit entfernten Mülleimer gewemmst.

Sozialer Status: Gott
Charakter: perfekt
Lebensmotto: I don't give a fuck
Kindheitsheld: das Spiegelbild (nachvollziehbar)
Tattoo: Punk is not dead (Stirn)
(Bei geschlossenem Mülleimer wird der Teebeutel alternativ einfach aufgegessen.)

*Das war es vorerst. An dieser Stelle sei aber noch folgende Geschichte erzählt. Zur statistischen und empirischen Erhebung der Teebeutel-Typologie stellte ich während einer Lesung in Gelsenkirchen die Frage, ob ich eine Typenkategorie vergessen hätte. Daraufhin stand ein korpulenter Herr in der ersten Reihe entschlossen auf, drehte sich in Richtung Saal und proklamierte lautstark: »Mein Name ist Ulf. Und ich lutsche gern an Teebeuteln.«*

*Ergänzend deshalb:*

**TYP 6:** Lutscht gern an Teebeuteln.

Sozialer Status: Ulf

# FOTOCOLLAGEN ODER
## WENN MÜTTER IMMER EHRLICH WÄREN

SOHN: »Hier, Mama, eine Fotocollage.«

MUTTER: »Aha.«

SOHN: »Das sind die schönsten Momente in deinem Leben.«

MUTTER: »Alles, was ich sehe, sind Bilder von uns beiden.«

Sohn (nickt).

MUTTER: »Wir beide im Zoo. Wir beide bei Oma. Wir beide
im Urlaub. Wir beide …«

SOHN: »Toll, nicht wahr?«

MUTTER: »Und was hat das mit schönen Momenten zu tun?«

SOHN: »Haha.«

MUTTER: »Vielen Dank. Ich denke, ich werde die Fotocollage
im Keller aufhängen.«

SOHN: »Im Keller? Wäre es nicht ein wenig schade drum?«

MUTTER: »Ich möchte vor den Besuchern nicht so sehr damit
prahlen. Du weißt doch, wir leben in einer schrecklichen
Neidgesellschaft. Alle werden sie kommen und meine schönen Momente bestaunen. Und wenn sie abends heimkehren,
dann sind sie zutiefst traurig ob ihrer eigenen Monotonie
und der allgemeinen Ereignislosigkeit in ihrem Leben. Das
möchte ich doch niemandem antun.«

SOHN: »Verstehe.«

MUTTER: »Außerdem verbringe ich sehr viel Zeit im Keller.

Mal muss ich zur Waschmaschine, mal das Fahrrad hochholen oder in alten Kisten wühlen. Und dann kann ich mich immer an der wunderschönen Fotocollage ergötzen. Das ist doch prima.«

SOHN: »Sie gefällt dir nicht.«

MUTTER: »Es liegt nicht an dir. Lass mich die Gelegenheit nutzen und dir etwas über das Wesen von Fotocollagen erzählen …«

SOHN: »Und zwar?«

MUTTER: »Sie sind eine Zumutung. Nicht die Bilder an sich, eher die Essenz der Fotocollage im Allgemeinen. Vor allem die damit verknüpfte Erwartungshaltung des Schenkenden. Der einzige Nutzen einer Fotocollage liegt nun einmal darin, sie an die Wand zu hängen. Und wenn man das nicht tut, ist der Schenkende enttäuscht. Also setzt der Schenkende den Beschenkten enorm unter Druck.«

SOHN: »Aha.«

MUTTER: »Es ist, als würdest du mir einen Eimer Farbe schenken. Was kann ich damit tun, außer die Wand zu streichen? Du sagst mir mit dem Geschenk also, dass meine bisherige Wandfarbe deinen ästhetischen Ansprüchen nicht gerecht wird. Die Absurdität und Sinnwidrigkeit dieser Collage manifestiert sich zudem in deiner Erwartungshaltung, dass die emotionalen Verknüpfungen an ebenjene Bilder nicht nur von dir, sondern gleichwohl auch von mir als schön wahrgenommen werden. Und ebendiese Vorstellung einer kollektiv empfundenen positiven Konnotation ist in der Tat … sehr naiv. Der Eimer Farbe …«

SOHN: »Wenn ich hier einmal einhaken dürfte. Das ist ein ausgesprochen schlechter Vergleich. Mit meiner Fotocollage sind schließlich Erinnerungen verknüpft. Mit einem Eimer Farbe hingegen …«

MUTTER: »Ich korrigiere: ein Eimer Dottergelb.«

SOHN: »Was hast du gegen ein solides Dottergelb?«

MUTTER: »Es ist grässlich.«

SOHN: »Das ist Geschmackssache.«

MUTTER: »Geschenke sollte man immer so wählen, dass man dem Beschenkten die Möglichkeit einräumt, das Geschenk auf subtile Weise zu entsorgen oder es heimlich an Dritte weiterzureichen, sofern es ihm nicht tatsächlich gefällt. Das ist eine Frage der Antizipation und des guten Stils. So wie der Eierkocher, den ich dir zur Konfirmation geschenkt habe.«

SOHN: »So ein Eierkocher ist aber auch wirklich kein passendes Konfirmationsgeschenk.«

MUTTER: »Er ist allemal besser als eine Fotocollage. Schließlich habe ich damit keinen Erwartungsdruck aufgebaut und dich so gezwungen, ihn zu benutzen, geschweige denn ihn an die Wand zu hängen und als musealen Präsenzbestand deines Zimmers all deinen Freunden oder Liebschaften zu präsentieren. Du konntest ihn einfach wegschmeißen. Das wäre okay gewesen. Es war eben ein Eierkocher.«

SOHN: »Ich habe ihn aber noch.«

MUTTER: »Das hässliche Teil?«

SOHN: »Ja, er passt perfekt zum Toaster und zum Wasserkocher.«

MUTTER: »War ja auch ein Dreierset.«

SOHN: »Andere Kinder haben Spielekonsolen bekommen, teure Fahrräder, einen großzügigen Zuschuss zum Rollerführerschein. Solche Dinge.«

MUTTER: »Sagen wir mal so – ich wollte dich ein wenig zur Selbständigkeit erziehen.

SOHN: »Mit einem Eierkocher?«

MUTTER: »Ein erster Schritt …«

SOHN: »Wozu?«

MUTTER: »Na, zu einer eigenen Wohnung! Ich habe den Eierkocher als Perspektive betrachtet.«

SOHN: »Ausziehen? Mit fünfzehn? Von welchem Geld?«

MUTTER: »Du hättest immerhin schon mal einen Eierkocher gehabt.«

SOHN: »Und einen Wasserkocher. Und einen …«

MUTTER: »Ja, ich habe verstanden. Dass du das Teil wirklich noch hast! Welche Farbe hatte er noch gleich?«

SOHN: »Er ist dottergelb. Mit einem leichten Stich Ocker.«

MUTTER: »Das macht es nicht besser. Dass man im Jahr 2016 noch Eierkocher hat? Als wärst du aus der Zeit gefallen. Hast du ihn je benutzt?«

SOHN: »Glaube, nicht. Aber ich erfreue mich der theoretischen Möglichkeit, jederzeit ein halbes Dutzend Eier kochen zu können, ohne Wasser in einem Topf erhitzen zu müssen.«

MUTTER: »Na, dann hab ich ja alles richtig gemacht. Aber kommen wir zurück zur Fotocollage …«

SOHN: »Ich finde, du hast schon genug dazu gesagt. Du kannst sie einfach wegschmeißen.«

MUTTER: »Nein, das ginge zu weit.«

SOHN: »Aber gerade hast du noch gesagt …«

MUTTER: »Der Rahmen gefällt mir. Ich könnte ihn nutzen, um etwas wirklich Schönes aufzuhängen.«

SOHN: »Ich gehe jetzt besser.«

MUTTER: »Du musst schon los?«

SOHN: »Habe Appetit bekommen. Vielleicht koche ich mir zu Hause ein Ei.«

MUTTER: »Dann sehen wir uns nächste Woche? Kannst übrigens ruhig mal wieder öfter anrufen.«

SOHN: »Alles klar. Ich melde mich. Bis bald.«

MUTTER: »Vergiss die Collage nicht.«

# EIERKOCHER IN EINEM LEEREN RAUM, PLASTIK AUF PARKETT, 13 x 17 METER

Flughafen Düsseldorf, 23. Juli. Gedankenverloren sitze ich in einem Schnellrestaurant, nippe an einem lauwarmen Kaffee und beobachte Menschen, die einem Mann Geld dafür geben, dass er ihre Hartschalenkoffer an einem seltsamen Apparat in Folie einwickelt. Ich frage mich, ob ich das System der Marktwirtschaft missverstanden habe. Warum machen die Menschen das? Damit die Koffer nicht zerkratzen? Zusätzliche Robustheit? Sicherheitswahn? Nein, weil sie es können. Und weil ihnen sehr langweilig ist. Ich glaube, man könnte genauso gut einen Stand aufbauen und Menschen anbieten, ihnen für zehn Euro einen Wirsing an den Rücken zu tackern. Dann würden alle denken: *O Mann, was für eine Scheiße! Für zehn Euro kann ich mir hier am Flughafen doch vier Tassen ... Äh, eine Tasse Kaffee kaufen. Ich bin doch nicht bescheuert und lauf mit so 'nem Wirsing durch die Gegend.*
Aber irgendwann, irgendwann käme einer und würde sagen: »Wow! Wirsing. An *meinem* Rücken. Genial.«

So funktioniert Wirtschaft. Es gibt einen Markt, also gibt es Nachfrage. Man sollte meinen, es wäre andersrum, aber das ist eine Lüge. Es hat sich niemand hingestellt und gesagt: »Ich brauche *jetzt* das Telefon. Seit dreißig Jahren lebe ich vor mich hin und warte darauf, dass jemand anruft. Warum kann nicht mal jemand das Telefon erfinden?«

Mir kann auch niemand erzählen, dass es die in den Neunzigern zu kaufenden CD-Tower, die dem Empire State Building nachempfunden waren, aufgrund herrschender Nachfrage gab. Oder diese Couchtische mit Sand und Muscheln unter der Glasfläche.

»Patrick? An was denkst du gerade?« Neben mir sitzt der kleine Wotan und blickt mich neugierig an.

»An eine Geschäftsidee. Stichwort Wirsing. Ich glaube, wir könnten eine Firma gründen. Hast du Kapital?«

»Ich bin neun.«

»Das ist keine Antwort auf meine Frage.«

»Was ist Kapital?«

»Geld, das wir in eine Firma stecken können.«

»Was brauchst du denn alles?«

»Wirsing.«

»Das war's?«

»Und ein Tacker wäre nicht schlecht. Ich denke, mit zehn Euro kannst du bei mir einsteigen.«

Wotan wirkt nicht sonderlich interessiert an meinen Unternehmervisionen und blickt ungeduldig auf die Uhr. »Wie lange müssen wir noch warten?«

»Nerv nicht.«

Ich weiß nicht mehr, welcher Teufel mich geritten hat, aber aus Gründen, die ich irgendwo zwischen angehender Grenzdebilität, sozialer Verwahrlosung und einem unterbewussten Sankt-Martin-Komplex einstufen würde, habe ich mich bereit erklärt, zwei Wochen auf Wotan aufzupassen. Kumpel Frank braucht mal etwas Zeit für sich. Und bei mir, das wisse er, hat er gesagt, sei das Kind in guten Händen. Zudem würde mir ein wenig Gesellschaft auch guttun, und er wisse doch, wie sehr mir Wotan ans Herz gewachsen sei.

»Na klar. Kein Problem«, sagte ich. »Wir werden es uns schon nett machen.«

Was Frank weiß:
a. Seit ich Patenonkel eines kleinen Mädchens bin, scheine ich generell etwas verantwortungsvoller geworden zu sein.
b. Ich habe Urlaub.

Was Frank nicht weiß:
a. Ein Passfoto von Wotan steckt seit einigen Tagen im transparenten Sichtfach meines Portemonnaies und dient bei suboptimalen Gesprächsentwicklungen als Abschreckungstaktik. Oft höre ich dann Dinge wie: »O mein Gott! Du hast Satan erschaffen« oder »Igitt! Igitt! Das ist ja widerlich.«
b. Als Wotan das letzte Mal bei mir war, haben wir Verstecken gespielt. Ich zählte bis dreißig, und fünf Tage später habe ich mit dem Suchen angefangen. »Du hast dich aber gut versteckt«, sagte ich, als ich den Knaben zusammengekauert in der Besenkammer antraf. Es kam mir vor, als hätte ich dich fünf Tage gesucht.« Bis heute hält Wotan sich für den besten Hide-&-Seek-Spieler aller Zeiten.

Wotan, ein grausamer Name. Frank hat seit seiner Jugend einen Hang zu germanischer Mythologie, und da ist das Kind mit dem Namen ja noch ganz gut weggekommen. Nachdem ich in einer Zeitung von Namen wie *Iloveny* und *Spider-Manfred* gelesen habe, erscheint mir Wotan fast langweilig.

Iloveny heißt Iloveny, weil ihre Mutter den Spruch *I Love NY* auf einem Shirt gesehen hat, und Spider-Manfred heißt Spider-Manfred wegen Immanuel Kant. Nein, stimmt nicht, er heißt natürlich wegen Spiderman so. Aber es gibt Gesetze, und man kann sein Kind ja unmöglich Spiderman nennen. Was würden denn die Leute sagen, muss sich der Vater gedacht haben. Dann nennen wir es halt Spider-Manfred. Und was soll man sagen? Es hat geklappt. Gut, dass es Gesetze gibt.

»Ich will nach Hause. Mir ist langweilig. Können wir nicht lieber in den Zoo?« Wotan zupft an meinem Ärmel.
»Flughäfen sind doch wie Zoos. Nur mit Menschen.«
»Menschen kann man aber nicht füttern.«
»Klar kann man das. Warte kurz …« Ich nehme eine Erdnuss aus der Dose, die vor uns auf dem Tisch steht, und schleiche auf leisen Sohlen zum Nebentisch. In meinem Blick liegt die pure Entschlossenheit. Das junge Pärchen blickt mich fragend an.
Vollbärtige Männer an Flughäfen sind ja per se verdächtig, aber seit ich in unregelmäßigen Abständen arabische Satzfetzen in meinen Bart nuschle und mich hektisch umsehe, ist der Kollege Spaß mein treuer Begleiter.
»Ja, wen haben wir denn da?« Ich halte dem Mann die Erdnuss direkt vor die Nase. »Ja, fein!«
»Was machen Sie da mit der Erdnuss?« Er ist deutlich verärgert.
»Ich möchte Sie füttern.«
»Sind Sie geisteskrank?«
»Sagen wir so: Wenn ich es wäre, würde ich es wahrscheinlich nicht wissen. Aber ich denke, nicht.«
»Lassen Sie mich in Ruhe.«

Etwas enttäuscht entschuldige ich mich bei Wotan. »Sonst klappt das immer.«

Meine Wohnung, gestern, 22. Juli. Mit der diesjährigen Steuererklärung war ich ein wenig spät dran. Gelangweilt füllte ich auf dem Laptop Tabellen aus und stellte mir den Frontmann von Guns N' Roses als Kursleiter meiner alten Computer-AG vor. Spitzname: Excel-Axl. Das Schöne daran: nichts. Das Traurige daran: Ich finde das wirklich witzig.

Steuererklärungmachen hat ein bisschen was von »Büro spielen«. Man sitzt mit seinem Solarzellentaschenrechner und dem alten Ratzefummel in seinem Zimmer und wartet eigentlich nur darauf, dass die Kumpels klingeln und Mutti fragen, ob man zum Bolzen rausdürfe.

Nach einigen Minuten klingelte es tatsächlich an der Tür. Vor mir stand der kleine Wotan.

»Herein, junger Mann. Fühl dich wie zu Hause.«

Wotan stürmte in die Wohnung, knallte seinen Rucksack in die Ecke und schmiss sich auf die Couch.

»Dann erzähl mal, was machen Jungs in deinem Alter so?«

Schweigen.

Nach etwa zehn Minuten sah Wotan mich erwartungsvoll an und fragte: »Können wir in den Zoo fahren?«

»Wir haben kein Geld für den Zoo.« Das war zwar eine Lüge, aber von Outdoor-Aktivitäten war nie die Rede. Außerdem war Sonntag.

Falls Sie, lieber Leser, oft in Meta-Metaebenen denken und ab und zu Sachen sagen wie: *Sonntags kann man prima in den Zoo oder ins Phantasialand gehen, weil ja alle denken, sonntags sei da die Hölle los, und deswegen, so sollte man meinen, ist dann in Wahrheit keiner da. Das wiederum könnten viele* denken und deswegen sonntags fahren. Aber auch das hat sich mittlerweile rumgesprochen, weswegen jetzt alle unter der Woche fahren und es sonntags tierisch leer ist. Wenn Sie sich solche Gedanken machen, dann kann ich Ihnen sagen: stimmt nicht. Was Freizeitaktivitäten angeht, ist der Sonntag der Donald Trump unter den Wochentagen.

»Ich will aber in den Zoo.« Wotan gab nicht auf.

»Ich hab wirklich kein Geld. Lies doch ein Buch.«

»Nöööö.«

»Ich finde, du solltest lesen. Was lesen Kinder in deinem Alter denn so?« Diesmal interessierte es mich wirklich.

Vorerst wieder Schweigen.

Dann: »Vom kleinen Maulwurf, der wissen will, wer ihm auf den Kopf gemacht hat.«

»Super! Das kenne ich.« Klasse Konzept, dachte ich. Und dass ich den Nachfolger schreiben könnte – aus der Sicht eines Kothaufens, der wissen will, wo der verdammte Maulwurf jedes Mal herkommt.

»Ich will aber kein Buch lesen, Patrick. Ich möchte in den Zoo.«

Plötzlich klingelte es erneut an der Tür.

Ich drückte den Knopf der Gegensprechanlage. »Ja, bitte?«

Rauschen.

»Können Sie ein Paket für Ihre Nachbarin annehmen?«

»Ich bin nicht da.«

»Aber Sie reden doch mit mir.«

»Das ist ein automatischer Gegensprechanlagenbeantworter.«

»Aber es brennt Licht in Ihrer Wohnung. Außerdem hab ich Sie am Fenster gesehen, Herr Salmen.«

»Sind sie Sherlock Holmes? Das ist ein Pappaufsteller. Wegen der Einbrecher.«

»Jetzt machen Sie doch bitte auf.«

»Na gut.«

Wenige Sekunden später stand der Paketbote vor der Wohnungstür. »Hier, für Frau Koslowski. Bitte einmal unterschreiben. Ach ja, und hier die Zeitung. Lag im Treppenhaus. Sind Gutscheine für den Zoo drin. Die haben da so 'ne Aktion im Moment. Gute Sache.«

Wotan horchte auf. »Für den Zoo? Gutscheine? Jaaaaaaaaaa!«

Wütend knallte ich die Tür zu. »Nein. Du hast dich verhört.«

»Aber er hat gesagt, ›GUTSCHEINE FÜR DEN ZOO‹.«

»Nein, er sagte ›Hutschweine für das Klo‹. Wie diese gehäkelten Mützchen für das Toilettenpapier. Einer besonderen Art von Ferkeln mit seltsamen Schädeldeformationen nachempfunden. Schweine-Hütchen halt.«

»Die will ich sehen.«

Dieses Kind würde mich noch in den Wahnsinn treiben. »Ist gerade schlecht.«

Bereits der Gedanke, mit einer wilden Horde funktionsjackentragender Mitvierziger durch ein Freiluftgehege zu eiern, quälte mich auf brutalste Art und Weise. Überall Menschen, die auf Ausflügen riechen, als hätten sie sich vorher gegenseitig mit Bifi-Würsten eingerieben. Die mit meterlangen Teleobjektiven vor einem Käfig mit Affen stehen und denen dabei zusehen, wie sie sich gegenseitig am Popo beschnuppern. Es gibt nur eine Sache, die primitiver ist als das Poposchnuppern selbst. Und zwar, jemandem dabei zuzuschauen. Der Affe steht also eindeutig auf der falschen Seite des Käfigs.

»Du darfst aussuchen, was du magst, nur nicht den Zoo.«

»Dann will ich zum Flughafen! Und dann überlegen wir uns spontan, wo wir hinfliegen.«

»Aber wir haben kein Geld.«

»Ich hasse dich«, sagte Wotan.

»Hass ist ein verdammt großes Wort.«.

»Da schauen aber ganz viele Scheine aus deinem Portemonnaie.« Wotan nahm die Geldbörse vom Couchtisch und klappte sie auf. »Warum ist da ein Foto von mir?«

»Du bist halt mein ganzer Stolz. Wie ein eigener Sohn. Na gut, wir fahren. Morgen früh …«

Nun sitzen wir hier. Während ich weiter über meine Wirsingtheorie nachdenke, schweift mein Blick durch die weitläufige Halle. Flughäfen sind der perfekte Ort für anthropologische Feldstudien. An keinem anderen Ort der Welt wird so deutlich, dass Menschen sehr bizarre Wesen sind.

Ein schöner Zeitvertreib ist es zum Beispiel, sich in die Ankunftshalle zu stellen und die ankommenden Fluggäste im Geiste den wartenden Personen zuzuordnen. Im Prinzip eine Art Memory für Wahrsager. Da gibt es ungeahnte und obskure Paarungen – das glauben Sie gar nicht! Für jeden Treffer, den Sie landen, müssen Sie einen Schnaps trinken. Ein schönes Spiel.

Wenn ich die wartenden Leute betrachte, frage ich mich immer, warum sie Gasballons kaufen und Schilder basteln mit Aufschriften wie *Schön, dass du wieder da bist* oder *Welcome home!*. Ich möchte das Ganze nicht entromantisieren, aber oftmals vermisse ich in diesen Situationen die gebührende Aufrichtigkeit. Warum schreibt niemand auf sein Schild *Häng doch noch 'ne Woche dran, du Vollpfosten* oder *Ohne dich ist die Wohnung viel schöner*. Aber gut, was will man machen …

Ein weiteres Reizthema sind für mich Rollkoffer auf Rolltreppen. Von unserem Café aus kann man eine der Flughafenrolltreppen sehr gut beobachten. Was vermeintlich die einfachste Sache der Welt ist, ist folgender Vorgang: Rolltreppe betreten, Rollkoffer abstellen, Rolltreppe fahren, unten ankommen, Rolltreppe verlassen, den Rollkoffer galant hinter sich herziehen und in einer fließenden Bewegung unmittelbar weiterfahren. Die Realität sieht leider so aus: unten ankommen, stehen bleiben, Rollkoffer direkt vor der Rolltreppe abstellen und sich die Frage stellen: »Platon!!! Wie lautet noch mal das Höhlengleichnis?«

Da lob ich mir die Schimpansen im Zoo. Oder die Erdmännchen. Wenn Erdmännchen Rollkoffer hätten, was ich mir recht lustig vorstelle, würden sie das prima hinbekommen, davon bin ich überzeugt.


ZWEI STUNDEN SPÄTER:

Wir sitzen im Flugzeug der österreichischen Reisegesellschaft Niki Fly. Eine sprechende Fliege mit der Synchronstimme von Niki Lauda erklärt mir die Sicherheitsbestimmungen. Ich habe Angst.

Die Passagiere hocken zusammengekauert auf ihren Plätzen, lesen das Bordmagazin, und Wotan spielt *Angry Birds* auf seinem Handy. Faszinierendes Spiel, denke ich, der Entwickler muss sich dumm und dämlich verdient haben. Ich habe ja auch einmal versucht, eine App zu entwickeln – eine Jogging-App für Dicke. Bei *Runtastic* dokumentieren sportive Menschen ja tagtäglich ihre Joggingstrecken und ihren Kalorienverbrauch, weswegen man auf Facebook ständig Einträge liest wie *Plauzenklaus ist mit Runtastic.com in 0.02 Minuten 17 Meter zum Dionysos-Gyros-Grill gerollt. Teste auch DU die neue Runtastic-App und konfrontiere deine Freunde tagtäglich mit ihrem eigenen Versagen.*

In meiner Version sollte es darum gehen, dass dicke Menschen dokumentieren, wie lange sie irgendwo sitzen an der Stelle verharren. Eine Art Gegenbewegung. Für mehr Entschleunigung. Hammerkonzept. Nicht.

»Hast du eigentlich die Tür abgeschlossen?«, fragt Wotan.
»Weiß ich nicht mehr. Vermutlich schon. Und warum klingst du wie meine Mutter? Aber jetzt, wo du fragst, bin ich mir plötzlich gar nicht mehr so sicher.«
»Dann werden wir bestimmt überfallen. Man muss immer abschließen.«
Sicher, denke ich und stelle mir vor, wie vier stämmige, griesgrämige Ganoven in unsere Wohnung eindringen. Sie kommen mit einem dicken panzerartigen Van vorgefahren, sprengen die Haustür zum Treppenhaus und sind fest entschlossen, Böses zu verrichten und Unheil zu stiften. Dann stehen die grantigen Kanten vor unserer Wohnungstür, ruckeln am Schloss und fluchen: »Verdammt. Abgeschlossen!«
»Mach dir keine Sorgen«, sage ich, »ich habe meine Wertsachen gut versteckt. Da ist nichts zu holen.«
Man muss dazu sagen, dass ich mein Geld daheim in unserem total unauffälligen, supergeheimen, ausgehöhlten Nanu-Nana-Versteck-Buch mit den goldenen Titelinsignien, *Das total unauffällige, supergeheime, ausgehöhlte Nanu-Nana-Versteck-Buch,* hinterlege. Irgendwo zwischen *Krieg und Frieden* und dem *Mann ohne Eigenschaften.* Das finden die nie.
Es ruckelt. Die Maschine setzt zur Landung an. Tosender Applaus. Stehende Ovationen für den Piloten. Das Prinzip von Applaus als Bestätigung für gute Leistungen ist ja an und für sich nachvollziehbar, aber lustig wäre es, wenn Menschen das auch an der Supermarktkasse oder in der Metzgerei machen würden.
»Hier, Ihr Nackenkotelett.«
»Das haben Sie super gemacht. Applaus für Frau Lorentz von der Wursttheke.«

Am Zielflughafen angekommen, positionieren sich die ersten schwäbischen Reisegruppen am Gepäckfließband und warten auf ihre überdimensionalen Hartschalenkoffer. Wir stellen uns dazu, um unser Gepäck in Empfang zu nehmen.

Plötzlich klingelt mein Telefon. Die Nachbarin. Ich hatte Frau Koslowski aufgetragen, sich um die Blumen und Kanarienvögel zu kümmern – im Gegenzug dafür, dass ich in meiner Wohnung eine kleine Postfiliale aufgebaut habe. Unser Paketbote hält mich nämlich offensichtlich für arbeitslos. Das könnte daran liegen, dass ich als Selbständiger den ganzen Tag zu Hause bin und meine Geschichten im Bademantel auf dem Balkon schreibe. Jedenfalls bin ich die Annahmestelle für ALLES, und sämtliche Versandpakete von kaufsüchtigen alleinstehenden Geschäftsfrauen türmen sich meterweise in meinem Flur.

»Herr Salmen, ich wollte nur eben die Blumen gießen. Doch dann ... Na ja, Ihre Tür wurde aufgebrochen. Sie müssen sofort nach Hause kommen.«

»Wotan, wir müssen wieder zurück!«

Als Wotan und ich am nächsten Morgen in der Wohnung ankommen, treffen wir die Nachbarin bereits im Treppenhaus.

»Frau Koslowski, was ist denn passiert?«

»Kommen Sie mit.«

Wir betreten die Wohnung.

Ein einziges Nichts. Leere. Alles ausgeräumt. Meine Wohnung sieht aus wie eine Kunstgalerie. Alles, was übrig ist: zwei Topfpflanzen, der Eierkocher und *Das total unauffällige, supergeheime, ausgehöhlte Nanu-Nana-Versteck-Buch.* Könnte auch eine Installation von Beuys sein.

»DAS KANN DOCH NICHT WAHR SEIN! DIESE BASTARDE!«, schreie ich durch den Flur.

Noch am selben Tag wird Wotan von Frank abgeholt.

»Das tut mir wirklich leid. Damit konnte keiner rechnen. Dabei wolltest du doch endlich mal abschalten. Ich hätte es dir von Herzen gegönnt«, sage ich.

»Du kannst doch nichts dafür. Sieh erst mal zu, dass du das Chaos in den Griff bekommst. Wenn du Hilfe brauchst, sag Bescheid.«

»Alles klar.«

Ich atme durch und betrachte die moderne Kunstinstallation in meiner Wohnung. *Eierkocher in einem leeren Raum, Plastik auf Parkett, 13 x 17 Meter.*

Als ich Franks Wagen davonfahren höre, steht Frau Koslowski vor mir. »Und? Wie war ich?«

»Sehr glaubwürdig«, sage ich. »Danke. Fast schon zu viel des Guten. Wie haben Sie das denn geschafft? Und wo sind die Möbel?«

Frau Koslowski lächelt. »Ihr Kumpel Orkan und der Paketbote haben mir geholfen.«

»Sie haben wirklich einen gut bei mir.«

»Na ja, ich glaube, der Paketbote ist mit einigen Sachen abgehauen. Der Rest steht bei mir und bei Orkans Eltern.«

»Sie sind ein Engel.«

»Hassen Sie das Kind denn wirklich so sehr?«

»Hass ist ein verdammt großes Wort«, sage ich.

# Skizzen eines verlorenen Sommers

*»Gar nichts erlebt, auch schön.«*
Mozart, Tagebuch v. 13. Juli 1770

**21. Juni:** *Beim Arzt gewesen und nach einem guten Mittel gegen Heuschnupfen gefragt. Seine Antwort: »Bleiben Sie einfach zu Hause.« Lob ich mir. Der Mann ist Realist.*

**22. Juni:** *Alle haben Spaß und sind im Freibad. Nur ich häng hier rum. Kleiner Trost: Bei meinem letzten Besuch im Freibad war ich der einzige Mensch mit Brustbehaarung. Wohin man sah – überall Nacktmulche. Ständig wurde mit dem Finger auf mich gezeigt, als wäre ich eine vom Aussterben bedrohte Tierart. Man sollte eine Doku drehen: »Der letzte Orang-Utan«.*
*Was mich ebenfalls ein klein wenig aufheitert, ist die Tatsache, dass mir der Anblick von nackten Füßen in Flip-Flop-Sandalen erspart bleibt.*
*Später höre ich Radio. Dieser Song von AnnenMayKantereit ist so wunder-wunderschön. Von dieser schnurrenden sonoren Stimme werde ich regelrecht wuschig. Aber*

*warum barfuß?* »*In Schuhen am Klavier*« *wäre ein durchaus legitimer Songtitel gewesen. Füße sind der Gollum des menschlichen Körpers. Was mich bei allen ästhetischen Selbstzweifeln beruhigt, ist die Annahme, dass selbst jemand wie Ben Affleck unfassbar hässliche Füße haben muss.*

**24. Juni:** *Ich liege auf der Couch und zähle die Fussel in meinem Bauchnabel. Wie zum Teufel kommen die da immer hin? Galileo würde mir jetzt irgendwas von Reibung und Haarwuchsrichtungen erzählen, aber ich verfolge da einen eher religiösen Ansatz. Meiner Theorie zufolge handelt es sich bei meiner Bauchbehaarung um eine Art Pilgerpfad – wobei die kleinen Fussel die Pilger verkörpern und mein Bauchnabel eine Art Mekka darstellt. Ich möchte meinen Bauchnabel jetzt nicht symbolisch erhöhen und glorifizieren, aber es muss sich eindeutig um einen heiligen Ort handeln.*

**27. Juni:** *Die Pollen machen mich wahnsinnig. Heuschnupfen ist unter allen Allergien das größte Arschloch. Kein Mitleid. Keine Beileidsbekundungen. Nichts. Ist halt auch keine richtige Krankheit. Und doch fühle ich mich permanent wie der Außenseiter mit der riesigen Zahnspange in amerikanischen College-Filmen. Der picklige blasse Typ, der im Sportunterricht ständig am Asthma-Inhalator hängt. Von der Gesellschaft ausgegrenzt und isoliert. Schlimm ist das.*
*Am Nachmittag wage ich mich doch kurz raus und stehe mit einer Ingwerknolle sowie einem Bündel von frischem Koriander an der Supermarktkasse.*
*Die Kassiererin sieht mich skeptisch an, fängt dann an zu*

*lachen und sagt:* »Die Nummer nimmt Ihnen doch eh keiner ab.« *Sie verweist auf die Tiefkühlpizza im Angebot und lächelt mich an.*

*Ach, sie kennt mich einfach so gut.*

**01. Juli:** *Irgendein Fußballspiel scheint vorbei zu sein. Draußen fährt ein einsamer Mann hupend in seinem alten Golf durchs Viertel. Der schönste und zugleich traurigste Autokorso der Welt.*

*Ständig muss ich niesen. Es ist wirklich ekelhaft. Es gibt Menschen, die können sehr elegant niesen, stilvoll, mit einem Maß an Würde, so nach innen irgendwie, bei mir hingegen muss man es sich vorstellen wie bei Morla aus* Die Unendliche Geschichte. *Unschöne Szenen.*

**02. Juli:** *Heute Morgen versucht, in der Wohnung Einrad zu fahren. Fazit: funktioniert nicht. Ergebnis: Arm gebrochen. Kontra: nix. Pro: aktive Nutzung des Greifers aus dem* Bob der Baumeister-*Magazin. Ich wusste, dieser Tag würde kommen.*

*Abends kann ich nicht schlafen und schaue Hitler-Dokus. Wenn Yann Tiersen beim Komponieren von* »Comptine d'un autre été« *auch nur geahnt hätte, dass man wenige Jahre später alle möglichen drecksvermaledeiten Katzenbaby-YouTube-Clips, N24-Dokus und Super-Giganten-Koloss-Bagger-Reportagen damit untermalen würde, ich glaube, er hätte sich auf der Stelle erschossen.*

**05. Juli:** *Sonntag also. Hätte man wissen können. Ich bräuchte dann mal ein Rezept für ein Gericht, das man aus Ketchup, Leberwurst und einem halben Glas schlesischer Gurkenhäppchen zaubern kann. Es ist immer dasselbe.*

Nachmittags gehe ich auf den Rummelplatz. Ein trostloser Anblick. Ein alter Mann dreht beim Autoscooter einsam seine Runden und versucht, sich selbst zu rammen. Welch bittersüße Melancholie. Muss ihn mal fragen, ob er privat Golf fährt und hier im Viertel wohnt. Der Verdacht liegt nahe.

**07. Juli:** *Sommergewitter. Stehe auf dem Balkon und beobachte das bunte Treiben auf der Straße. Ein Bus steht im strömenden Regen an der Haltestelle vor einer Gesamtschule. Die meisten Fahrgäste sind soeben eingestiegen. Zwei Typen im Neonazi-Look rennen mit wedelnden Armen auf den Bus zu – es fehlen nur noch wenige Meter. Da setzt der Busfahrer den Blinker, öffnet das Fenster, winkt den beiden freundlich zu und fährt los. Also Humor hat der Mann.*

*Von weitem kann ich erkennen, dass schon wieder eine Visitenkarte an meinem Auto klebt. Immer, wenn ich mich wundere, wie diese Karten von Gebrauchtwagenhändlern an meine Windschutzscheibe kommen, keimt die Frage in mir auf, was Batman eigentlich so in seiner Freizeit macht.*

*Am Abend habe ich meine Gratiskugelschreiber, die ich im Laufe der Jahre auf Messen geschenkt bekommen habe, alphabetisch nach Firmennamen sortiert. Fazit: Es sind 432 Stück, und der Buchstabe M kommt am häufigsten vor. Ich schätze, das überrascht Sie jetzt.*

**09. Juli:** *Am Nachmittag ist es brüllend heiß. Im Fernsehen geben sie fortlaufend Tipps für einen stabilen Kreislauf und Abkühlungen zwischendurch. Aktuell geht es um wirksame Mittel gegen Schweißgeruch. Eine* *endlose Liste. Hätten die mal meinen Arzt gefragt. Tipps gegen Schweißgeruch? Schwitzen Sie einfach nicht.*

*Liebes Tagebuch, unsere Beziehung beruhte stets auf Abstand, aber insgesamt habe ich die Zeit mir dir sehr genossen. Bis nächsten Sommer!*

# DIE FÜNF EBENEN DER FOTOGRAFIE

- Mann fotografiert Kirche: Tourist
- Mann fotografiert Mann, der Kirche fotografiert: Künstler
- Mann fotografiert Mann, der Mann fotografiert, der Kirche fotografiert: besserer Künstler
- Nackter Mann fotografiert Mann, der Mann fotografiert, der Mann fotografiert, der Kirche fotografiert: Performancekünstler (Uh!)
- Nackter Mann fotografiert nackten Mann, der Mann fotografiert, der Mann fotografiert, der Mann fotografiert, der Kirche fotografiert: Meta-Freak

# Herz aus Holz

Ein Rastplatz an der A40. Von der Sonne geblendet verlasse ich die Gaststätte und schlendere gemütlich in Richtung Auto. Als ich eine scheinbar unendlich lange Kolonne von Lastwagen passiere, traue ich meinen Augen kaum. Einer der schönsten Augenblicke meines Lebens: Angelehnt an die Radkappe seines Vierzigtonners sitzt ein dicker, bärtiger Trucker mit einem Trinkpäckchen und liest *Der kleine Prinz*. Dieser Moment, so denke ich, wäre ein guter Zeitpunkt, um zu sterben. Ich habe nun alles gesehen.

Ich stelle mir vor, wie der verträumte Trucker auf seiner langen, beschwerlichen Reise zur Spedition die Ladung verliert. Ohne sich etwas anmerken zu lassen, betritt er das Büro des Spediteurs, und als dieser die Waren überprüfen will und den Verlust bemerkt, schaut der Trucker verträumt drein und flüstert sanft: »Man sieht nur mit dem Herzen gut. Das Wesentliche ist für die Augen unsichtbar.«
Ja, das ist ein schöner Gedanke. Ein Kind der Poesie, gefangen im Körper eines stark behaarten Lkw-Fahrers.

Einst erweckte der Anblick von Truckern eine tiefe Sehnsucht in mir – eine verklärte Romantik von Ruhe und Abgeschiedenheit. Aber Trucker haben den verdammt noch mal einsamsten und härtesten Job der Welt, und wer einmal auf einer Rastplatztoilette war und beim Pinkeln zu karibischen Hintergrundgeräuschen den Anblick dieser grausamen Jürgen-Höller-Motivationstrainer-Werbung ertragen musste, weiß, wovon ich spreche. Jürgen Höller ist Autor von Buchtiteln wie: *Sicher zum Spitzenerfolg*, *Sprenge deine Grenzen!* oder *Wir schaffen es, Bello*. Die Tatsache, dass es offensichtlich scheißegal ist, ob man Menschen, Hunde oder meinetwegen Grottenolme motiviert, macht mir irgendwie Angst.

O-Ton Bello: »Vorher war ich ein normaler Hund, habe gebellt, gekackt und devot meinem Herrchen gedient. Dann traf ich Jürgen Höller, und jetzt bin ich ein erfolgreicher Manager und werfe mit Geld nur so um mich.«

Ich finde es durchaus zynisch, dass man sich als gestresster Fernfahrer sogar auf dem Urinal von so einem grenzdebilen Hampelmann motivieren lassen muss, obwohl die einzige berufliche Aufstiegschance meistens die eigene Laderampe bleibt.

Über dem Plakat entdecke ich handgeschriebene Kritzeleien:

*Bitte ... zähme mich.*
*Ich bang dich weg du verfickter Hurensohn.*
*Vor du kommt ein Komma, du Spast.*
*Bist du der Duden, du Napf?*

Nun, so dachte ich mir, vielleicht ist das der letzte Briefwechsel von Bernhard und Unseld. »Glücklich ist, wer korrespondiert«, sagte schon Goethe, und auch wenn ich mir nicht sicher bin, ob er damit vollgeschmierte Kachelwände auf Rastplatztoiletten meinte, so bin ich doch optimistisch, dass die gepflegte Konversation nicht aussterben wird.

Ich denke erneut an den Trucker von vorhin. Was Antoine de Saint-Exupéry wohl gemeint hat? Man sieht nur mit dem Herzen gut? Es wäre schön, wenn man ihn fragen könnte, den Herrn Saint-Exupéry. Vielleicht ist er noch gar nicht von uns geschieden, sondern produziert mittlerweile unter dem Künstlernamen *DJ Antoine* Kirmestechno für unterbelichtete Hobbyraver? Grausam. Wobei ich Scooter jetzt nicht zu nahe treten möchte. Denn was die wenigsten wissen, ist, dass die Jungs auf einer sprachlichen und intellektuellen Ebene mit Thomas Bernhard allemal mithalten können. Es ist wie damals bei Pink Floyd oder Led Zeppelin. Wenn man einzelne Songs rückwärts abspielt, ertönen teilweise tiefsinnige Botschaften. So entpuppt sich »Hyper! Hyper!« rückwärts gespielt zum Beispiel als Hommage auf Thomas Bernhard, während sich die etwas kryptische Textzeile aus dem Opus »Maria (I like It Loud)« (Ich zitiere: »Döp. Döp. Döp. Döp. Döp«) auf Hegels *Phänomenologie des Geistes* bezieht: »Wir müssen davon überzeugt sein, daß das Wahre die Natur hat, durchzudringen, wenn seine Zeit gekommen, und daß es nur erscheint, wenn diese gekommen, und deswegen nie zu früh erscheint, noch ein unreifes Publikum findet.« Aber ich schweife ab.

Sanifair-Toiletten an sich möchte ich gar nicht schlechtreden. Natürlich kann man sich aufregen, dass man auf der Raststätte einen Euro fürs Pinkeln bezahlen muss. Aber da möchte ich einhaken! Mit diesem Euro erwerben Sie die Eintrittskarte in eine unendliche Welt des Spaßes. Und als kleiner Tipp: Nirgendwo steht, dass man für einen Euro nur einmal pinkeln darf. Verstehen Sie es als Flatrate-Angebot. Wenn Sie es geschickt anstellen, können Sie dort Wäsche waschen, bügeln, Wasserbomben für die Kleinen auffüllen und eine lange intensive Zeit genießen. Ich schätze, bei weiterhin steigendem

Mietpreisspiegel in Großstädten wird es bald Großfamilien geben, die sich langfristig in Sanifair-Toiletten einrichten und dort wohnen werden.

Ich bin ja ein großer Freund dieses Wertmarkensystems, betrachte das Ganze schließlich als eine Art Kapitalanlage. Und ich habe einen Traum: Irgendwann werde ich mit einer Sonnenbrille auf der Nase und einer riesigen Schubkarre Toilettenwertbons in die verdammte Tankstelle spazieren und sagen: »Ich kaufe diesen Laden! Und jetzt raus hier, ihr Pappnasen.« Wer weiß? Vielleicht bin ich bald ein gemachter Mann.

Trucker haben es jedenfalls wahrlich nicht leicht. Von lichthupenden Kleinwagenfahrern drangsaliert, verachtet, gefürchtet und doch zum Sehnsuchtsmann verklärt. Ein manipuliertes Bild, entstanden mit Hilfe der Marlboro-Werbung und ein wenig Südstaatenromantik. Einen entscheidenden Vorzug birgt das Trucker-Dasein jedoch unbestreitbar in sich: Die Leute lassen einen in Ruhe.

Als Autor zum Beispiel wird man ständig mit seltsamen Erwartungshaltungen konfrontiert. Ob auf Küchenpartys oder im Park. Die Abläufe gleichen sich. Wenn man spätestens im vierten Satz gefragt wird, was man denn beruflich mache, und ich dann erzähle, dass ich schreibe und damit auf Bühnen auftrete, heißt es gleich: »Super. Ja, dann lesen Sie doch mal was vor. Machen Sie doch mal was Spontanes.« Das passiert immer. Geht das anderen Berufsgruppen genauso?

»Guten Tag, was machen Sie beruflich?«

»Ich bin Buchhalter.«

»Ja, dann tackern Sie doch mal was.«

»Schlachtermeister?«

»Ja, dann töten Sie doch mal auf der Stelle ein Tier, Sie Arschloch.«

Das macht mich wahnsinnig. Ich möchte das nicht mehr. Seit ich behaupte, Trucker zu sein, lassen die Leute mich in Ruhe.

»Ein Trucker?«

»Ja, dann fahren Sie doch mal mit Ihrem Lkw in meiner Küche herum.«

Ist nicht, Freunde.

Wenn man sich etwas nur lang genug einredet, wird es wahr. Und kurz glaube ich es dann selbst. Natürlich glorifiziere ich das Ganze ein wenig. So bin ich nämlich keineswegs ein gewöhnlicher Trucker, der irgendwelche Ulla-Popken-Blusen für mollige Hausfrauen oder Chemieabfälle und anderes Gelump durch die Gegend kutschiert, sondern einer jener Sorte, die man aus kanadischen Filmen kennt. Immer mit einem Gerstenhalm im Mund, einem Countrysong auf den Lippen und den Zigarillo lässig aus dem offenen Fenster haltend. Innerhalb der Lüge bin ich da durchaus perfektionistisch.

Mein Idealbild sieht wie folgt aus: Ich transportiere ausschließlich Holz – nur ganze Stämme. Warum? Weil Holz das schönste Material auf Erden ist. Holz atmet. Nicht nur als Baum, auch später noch als Tisch oder als Regal. Holz stellt keine Fragen, aber es lässt sie zu. Es ist so menschlich. So mag ich Whiskey nur, wenn er holzig schmeckt, wenn er zweihundert Jahre in einem schönen Eichenfass gelagert wurde, wenn das Fass sich komplett aufgelöst hat und das Aroma des Holzes in den Whiskey eingezogen ist, erst dann ist er mir angenehm. Alle schönen Dinge dieser Welt sind aus Holz. Weinfässer, Zigarrenkisten, Gitarrenkörper und Pinocchio. Wenn ich könnte, würde ich sogar Kleidung aus Holz tragen.

»Entschuldigung, warum ist Ihre Hose so steif?«

»Weil sie aus Holz ist, du Flachpfeife.«

Eine schöne Vorstellung. Im Übrigen frage ich mich, ob kanadische Holzfäller spezielle Grußformeln haben, wenn sie sich treffen? *Stolz Holz* oder *Good Wood. Ast-a la Vista!* Was weiß ich denn schon.

Diese heimliche Sehnsucht ruht jedenfalls tief in mir. Die Bilder, sie verschwinden nicht. Ich würde mit meiner zentnerschweren Last über die Straßen donnern und dabei Johnny Cash hören. Ich würde Sätze sagen wie: »Mein Name ist Jo. Das ist mein Rastplatz.« Dabei würde ich mit meinen ölverschmierten Händen auf meiner Holzhose klackern und einen sanften Countrysong einstimmen. »Kommt mit mir, wenn ihr die Freiheit sucht.« Dann würde ich das Benzin mit dem Mund aus der Zapfsäule saugen und es fontänenartig in den Tanktrichter spritzen. Einfach nur, weil ich es könnte. Und weil es das Normalste der Welt für mich wäre. Denn bereits am Morgen würde ich meinen Mund nach dem Zähneputzen mit Benzin ausspülen. Dann würde man mich anfangs zwar komisch anschauen, wenn ich mit dem Zapfschlauch meine Teebeutel aufgieße, aber irgendwann wüsste jeder: Trucker Jo. Der Mann ist ein harter Knochen. Dem ist Wasser zu weich. Der braucht den Kick.

Dann würde ich auf den Boden spucken und einem zwei Meter großen Russen erzählen: »Hey, kleiner Mann, wenn das der Atlantik wäre, dann hätte ich Angst vor dir.« Und dann würde ich wegrennen.

Mein Leben wäre eine einzige N24-Doku. Guido Knopp würde einen Film über mich drehen, und NS-Zeitzeugen würden sich an mich erinnern, obwohl ich geboren wurde, als sie schon längst tot waren.

Es könnte alles so schön sein. Die Wahrheit sieht leider anders aus. Alles, was mir bleibt, ist die Fantasie. Und manchmal fahre ich mit meinem alten rostigen Hollandklapprad an der Tankstelle vor, setze mein böses Gesicht auf, mache mit der Hand eine Kurbelbewegung und stöhne: »Mann, wat is' dat heiß hier drin.« Dann tue ich so, als würde ich die Hupe drücken, brülle die Dame am Nachtschalter an und zeige auf zwei zufällig am Wegesrand gefundene Zweige, die auf meinem Gepäckträger klemmen. »Mach's gut, Sybille«, schreie ich dann, »die Freiheit ruft. Ich muss noch 'ne Ladung Holz nach Toronto bringen.«
Jürgen Höller wäre stolz auf mich. Ich bin ein Macher. Ich weiß das.


Lieber Leser, wenn Sie mal wieder einen Trucker sehen und vielleicht ein wenig Angst vor ihm haben, denken Sie an den kleinen Prinzen. Und an einen bärtigen Lkw-Fahrer mit einem kleinen Blechschild über dem Fahrersitz. Denn »die Zeit, die du für deinen Truck gegeben hast, sie macht deinen Truck so wichtig«.

# VON DICKEN, BÄRTIGEN MÄNNERN

## – I –

*Ein libanesisches Restaurant in Berlin. Der recht stämmige Koch kommt nach dem Essen persönlich an den Tisch ...*

KOCH: »Darf ich fragen, ob es Ihnen geschmeckt hat?«
ICH: »Sagen wir mal so ... Wenn ich jetzt aufstehen und Sie ganz feste drücken würde, also wirklich nur mal angenommen, wäre das für Sie irgendwie ... seltsam?«
KOCH (ÜBERLEGT): »Na, kommen Sie schon her. Sie sind ja nicht der Erste, der fragt.«

## – II –

Gerne denke ich an den verwunderten Blick des moppeligen Metzgermeisters zurück, als ich mich eines Tages über seine Wursttheke beugte, ihm selbstbewusst eine gerollte Scheibe Mortadella in den Mund schob und väterlich zuflüsterte: »Lass es dir schmecken, kleiner Mann.«
Ich fand, dass es nach all den Jahren Zeit war, auch mal etwas zurückzugeben.

# Pamphlet eines Puristen

*Liebe internationale Gabelstapler- und Hubwagenfahrerervereinigung,*

*ich richte mich an Euch mit einem wichtigen Anliegen, das uns alle betrifft – die Zukunft der Europalette.*

*Längst in den Großstädten dieser Welt von DIY-Wahnsinnigen zu Interior Design sublimiert, wird sie in ihrer Ehre beschämt und beschmutzt. Spätestens, wenn das letzte verbliebene Exemplar als Vintage-Dekorationsobjekt einer urbanen Bratwurstbude herhalten muss, wird es zu spät sein.*

*Ich frage Euch: Hat sie das verdient? Dürfen wir unser Lagerherzstück, das geliebte Original – nur echt mit achtundsiebzig Nägeln –, in diesen Zeiten im Stich lassen? Können wir tatenlos zusehen, wie diese holzgewordene Bastion logistischer Pragmatik mehr und mehr zweckentfremdet und pinterestisiert wird? Nein. Darum fordere ich: Zieht los, stürmt die Altbauwohnungen, Upcycling-Schaltzentralen und Street-Food-Corner dieser Städte und nehmt Euch zurück, was man Euch genommen hat. Noch können wir es aufhalten. Befreit die*

Palette vom Ballast der Federkernmatratzen und Rosmarinblechtöpfe, schnappt sie Euch und lauft um Euer Leben.

Es liegt in Euren Händen, liebe Hubwagen- und Gabelstaplerfahrer, ich appelliere an Euren Berufsethos und Euer ästhetisches Bewusstsein. Denn erst wenn sich die letzte schroff-ranzige Grillstube auf dem Parkplatz vorm Baumarkt-Gartencenter in »Neue BURGERlichkeit« oder »Bratmanufaktur« umbenennt, werden die Menschen merken, dass man Realness nicht simulieren kann.

Für das Schöne! Für das Wahre! Für die Palette!

Gruß und Kuss,
P. Salmen

# DER PAKETBOTE,
## MEIN TRAURIGES LEBEN UND ICH

*Sollte ich jemals aufgefordert werden, mein Verhältnis zu unserem Paketboten zu beschreiben – warum auch immer jemand dies von mir verlangen sollte –, lange müsste ich nicht überlegen und würde ihm von folgenden Dialogen berichten …*

– I –

*Es klingelt.*

»Ja, bitte!?«
»Können Sie mir eben unten aufmachen?«
»Wer ist denn da? Die Post?«
»Nein, ein Rabe aus Winterfell. Natürlich die Post, Sie Pappnase.«

*Der Mann scheint heute wieder gut drauf zu sein.*

DER PAKETBOTE: »Jetzt machen Sie schon auf. Wir wissen beide, dass Sie zu Hause sind!«

ICH: »Sie wollen doch bloß wieder ein Paket für die Nachbarn abgeben.«

PAKETBOTE: »Nein, dieses Mal ist es wirklich für Sie.«

ICH: »Na, gut. Ich mache auf.«

*3 Sekunden später*

PAKETBOTE: »Bitte schön! Eine Unterschrift bitte.«

ICH: »Aber da steht doch *Frau Müller* drauf.«

PAKETBOTE: »Das ist korrekt.«

ICH: »Sie haben doch gesagt, es sei für mich.«

PAKETBOTE: »Ach, Herr Salmen. Sie sind so naiv.«

– III –

*Es klingelt an der Tür …*

PAKETBOTE: »Ein Paket für Sie.«

ICH: »Haben Sie vielen Dank.«

PAKETBOTE: »Warum tragen Sie eigentlich immer einen Bademantel?«

ICH: »Gegenfrage: Warum haben Sie immer dieses gelbe Hemd an?«

PAKETBOTE: »Das ist meine Dienstkleidung.«

ICH: »Same here, Bro.«

PAKETBOTE: »War das Jugendsprache?«

ICH: »Nein, Englisch.«

PAKETBOTE: »Ihr Humor verkommt von Tag zu Tag mehr. Zurück zu meiner Frage. In welchem Beruf trägt man denn einen Bademantel als Dienstkleidung?«

ICH: »Ähm … als Bademantelverkäufer. Das ist mein Vorführstück. Sie finden mich bei eBay unter *Der geheimnisvolle Bademantelverkäufer*. Möchten Sie ihn haben?«

PAKETBOTE: »Nein danke.«

ICH: »Man kann niemanden zu seinem Glück zwingen.«

PAKETBOTE: »Wenn Sie jetzt bitte unterschreiben würden …«

ICH: »Wenn Sie meinen Bademantel nicht haben wollen, möchte ich Ihr Paket auch nicht mehr haben.«

PAKETBOTE: »Aber ich bin kein Verkäufer. Ich bin der Paketbote.«

ICH: »Bringen Sie es zurück. Ich möchte es nicht mehr.«

PAKETBOTE: »Jetzt sind Sie aber schnippisch.«


– IV –


*Erneut steht der Paketbote vor meiner Tür und hält mir ein Paket hin …*


PAKETBOTE: »Was riecht denn hier so gut?«

ICH: »Keine Ahnung. Vielleicht meine Tiefkühlpizza.«

PAKETBOTE: »Ich glaube, es ist Ihr Parfüm. Was benutzen Sie?«

ICH: »Wie das genau heißt, weiß ich jetzt auch nicht.«

PAKETBOTE (STRECKT MIR SEINE NASE ENTGEGEN UND RIECHT AN MEINEM HALS): »Wenn Sie erlauben!?«

ICH: »Schon okay.«

PAKETBOTE: »Wundervoll. Darf ich vielleicht einen kleinen Spritzer davon haben?«

ICH: »Warten Sie. Ich hole es.«

*Ich hole das Parfüm, gebe es dem Paketboten, und er sprüht sich von oben bis unten damit ein.*

PAKETBOTE: »Sie haben übrigens einen wunderschönen Bart.«

ICH: »Oh! Danke.«

PAKETBOTE: »Was benutzen Sie für ein Öl?«

ICH: »Sie wissen schon, dass dieses Gespräch hier ein wenig ins Feminine driftet.«

PAKETBOTE: »Bleibt doch unter uns.«

ICH: »Also, wie das genau heißt ... Warten Sie, ich hole es.«

*Ich hole das Bartöl, gebe es dem Paketboten, und er massiert es zärtlich in seinen Bart ein.*

ICH: »Wollen Sie vielleicht noch kurz duschen? Oder etwas Knabbergebäck?«

PAKETBOTE: »Jetzt denken Sie bloß nicht, dass wir Freunde wären.«

ICH: »Wie könnte ich nur.«

– V –

PAKETBOTE (RUFT AUS DEM TREPPENHAUS): »... und sagen Sie Ihrer kaufsüchtigen Nachbarin, dass ich die Zalando-Scheiße nicht mehr sehen kann.«

Hach, ich liebe diesen Kerl!

# Der Tatort ist auch nicht
## mehr das, was er mal war

VERKÄUFERIN: »Etwas Farn in die Schnittblumen?«

ICH: »Selbstverständlich. Eine Schnittblume ohne Farn ist wie eine hübsche Frau ohne … ach, keine Ahnung.«

VERKÄUFERIN: »Was?«

ICH: »Farn. Unbedingt.«

VERKÄUFERIN: »Mich würde es aber wirklich interessieren. Könnten Sie den Vergleich nicht erneut bemühen und ihn der Vollständigkeit halber abschließen?«

ICH: »Wie meinen?«

VERKÄUFERIN: »Das mit der hübschen Frau …«

ICH: »Der *Tatort* ist auch nicht mehr das, was er mal war.«

VERKÄUFERIN: »Ja, das stimmt. Schön, dass Ihnen das aufgefallen ist. Und das mit unseren Gebühren …«

ICH: »Da sagen Sie was. Die Gebühren. Unverschämt.«

VERKÄUFERIN: »Kann man nicht reingucken.«

ICH: »Was bekommen Sie von mir?«

VERKÄUFERIN: »Nichts. Solch kulturkritische Persönlichkeiten wie Sie, die sich nicht scheuen, gegen den Strom zu schwimmen und den aktuellen Tatort zu kritisieren, müssen in unserem ehrwürdigen Familienunternehmen nicht für Schnittblumen bezahlen …«

# Der matte Glanz
## der Monotonie

Dass Sie alt werden, merken Sie, wenn Ihre Freunde anfangen, Ihnen zum Geburtstag Dinge wie Obstetageren und Nasenhaarschneider zu schenken. Oder den Jochen-Schweizer-Erlebnisgutschein. Das muss man sich mal auf der Zunge zergehen zerlassen: JOCHEN-SCHWEIZER-ERLEBNIS-GUTSCHEIN. Klingt für mich wie *Trauergutschein von Mr.-Crazy-Sunshine-Superspaß.*
Wer Jochen heißt, sollte meiner Meinung nach keine Erlebnisgutscheine verkaufen, sondern daheim sitzen und sich seines Jochentums bewusst werden. Ein Jochen hat nichts zu erleben. Maximales Lebensziel sollte der Erwerb einer Induktionsherdplatte und eine Karriere als Amateur-Foodblogger sein. Name der Website: www.kochenmitjochen.de. Bei Instagram zu finden unter den Hashtags #cestlaviesellerie oder #watkostdieweltichhabbockaufkartoffeln.

Der Jochen-Schweizer-Erlebnisgutschein hat mich im Übrigen auf die Idee gebracht, selbst als Eventveranstalter tätig zu werden und ebenfalls ein Verschenk-Coupon-System zu etablieren. Aber eben nicht für Erlebnisse, sondern dafür, einfach mal so einen richtig langweiligen Tag zu verbringen.

Generell bedarf es doch längst einmal einer Kampagne für mehr Langeweile im Leben. Lethargie statt Aktionismus. Da muss es doch einen Markt geben, bei all den hyperaktiven Extremsportlern, multilingualen Work-and-Travel-Weltreisenden und Live-Fantasy-Rollenspielern, oder? Einfach mal am Wochenende nichts tun. Buchen Sie den Patrick-Salmen-Langeweile-Gutschein: ein Wochenende im Leben eines stinknormalen Durchschnittsdeutschen. Aufstehen, Zähne putzen, einkaufen. Einfach mal abends nach 20:00 Uhr Fernsehen. Da wird doch der Hund in der Pfanne verrückt. Genießen Sie das Leben eines Familienvaters in den Mitvierzigern – inklusive eines kecken kurzärmeligen Cityhemds und des frechen Golden-Retriever-Rüden Benny. Sagen Sie Sachen wie: »Ja, fein, kleiner Benny, fein.« Überraschen Sie Ihre Freunde an deren Geburtstag mit einem unerwarteten Spruch wie: »Herzlichen Glühstrumpf« oder »Alles Gute zum Burzeltag«. Lehnen Sie sich zurück, wenn es dann wieder heißt: »Ist er nicht verrückt, unser Jochen? Ein richtiger Spaßvogel.« Diskutieren Sie live mit im Spiegel-Online-Forum und nutzen Sie kesse Binsenweisheiten wie: »Wer lesen kann, ist klar im Vorteil«, oder: »Die islamische Welt hinkt unserer aufgeklärten und demokratischen westlichen Welt in ethischen und politischen Belangen nun einmal meilenweit hinterher«. Provozieren Sie. Ecken Sie an. Bilden Sie sich Ihr Meinungsbild auf Grundlage einer willkürlichen Polittalkshow, und geizen Sie beim nächsten Mittagessen mit der liebenswerten Gattin Heike nicht mit den dort aufgeschnappten Fakten, wenn es wieder mal heißt: »Hach, Jochen, was wären wir nur ohne unseren Thermomix?«

Gut, ich gebe zu, das wäre für die Kampagne ein wenig lang. Müsste man galant runterbrechen. Aber der Ansatz ist gut:

Mut zur Monotonie! Die Work-Jochen-Balance voll im Griff. Genießen Sie den Trott des Alltäglichen. Einfach mal keine Rolle spielen.

Apropos Rolle spielen, wissen Sie, was ich mich bei diesen Live-Rollenspielern immer frage? Ich meine, ich kann es ja nachvollziehen, wenn man als gelangweilter Fließbandarbeiter oder Supermarktkassierer das Verlangen hat, am Wochenende in irgendwelche Fantasyrollen zu schlüpfen, um als düsterer Magier oder Superork anderen mal so richtig auf die Moppe zu hauen. Alles verständlich. Aber wer bitte hat Interesse daran, bei der Nachstellung historischer Schlachten die Armee zu verkörpern, die im Gefecht derbe weggewemmst wird? Sind das irgendwelche Topmanager oder erfolgreiche Staatsanwälte, die einfach mal so richtig in der Masse untergehen wollen? Einmal ein Niemand sein und sang- und klanglos mitsamt dem nichtigen Volk gedemütigt werden!? Man weiß es nicht.

Das Leben mit all seinen Möglichkeiten überfordert uns jedenfalls an allen Ecken und Kanten. Das Jochentum rückt Tag für Tag näher. Genießen Sie es. Es kann halt nicht jeder Traktor fahren.

# ICH BIN DER QUERSCHNITT
## DER GESELLSCHAFT

»Guck mal, meine neue Mufu. Steht mir, oder?« Vor mir wirft sich mein bester Kumpel Frank in Pose.

»Was zum Teufel ist eine Mufu?«, frage ich.

»Eine Multifunktionsjacke«, sagt Frank. »Ist doch klar.«

»Aha«, murmle ich etwas ratlos. »Aber müsste es dann nicht eine Mufuja sein?«

»Das klingt doch scheiße«, raunt Frank.

»Und was sind das für Funktionen?«, frage ich.

»Na ja, in erster Linie ist es eine Jacke.«

»Und in zweiter Linie?«

»Das habe ich noch nicht rausgefunden. Ein Zelt vielleicht.«

»Vielleicht ist ein Seil eingenäht? Oder Salpetersäure?«

»Warum Salpetersäure?«

»Weiß ich auch nicht. Hab ich früher oft in den *Lustigen Taschenbüchern* gelesen. Das brauchte man immer irgendwann. Für Dynamit zum Beispiel. Irgendjemand hat immer gerufen: ›Verdammt! Wir brauchen Salpetersäure.‹ Ich finde es jedenfalls gut, dass du dir eine Multifunktionsjacke gekauft hast.«

»Wirklich?«

»Ja, endlich erkennt man schon von weitem, dass du ein Depp bist. Man muss jetzt nicht mehr hingehen und fragen: ›Entschuldigung, blöde Frage, aber sind Sie vielleicht ein Depp?‹ Nein. Man sieht dich und weiß: Depp.«

Frank sieht mich bedröppelt an.

»Weißt du«, sage ich, »Menschen wie du sind der wandelnde Antagonist der Gentrifizierung. Wo du hinziehst, sinken die Mietpreisspiegel automatisch.«

»Du bist ja nur neidisch«, grummelt Frank.

Er wirkt nun leicht grantig. Was er nicht weiß: Er hat recht. Zu oft habe ich mich über Jack-Wolfskin-Jacken lustig gemacht, und jetzt ist es zu spät. Ich kann nicht mehr zurück. Dabei ist es falscher Stolz. Oft friere ich unerbittlich oder schwitze an unpassenden Stellen, weil ich keine passende Übergangsjacke habe. Ich bin ein Jack-Wolfskin-Mensch, gefangen im Körper eines bärtigen Großstadthipsters.

Es ist ein einziger Fluch. So, wie ich mich auch immer über Frühaufsteher lustig gemacht habe. Und jetzt bin ich über dreißig und erwische mich dabei, wie ich um 7:00 Uhr morgens stramm auf der Matte stehe und Dinge sage wie: »Ja, was ist das für ein schöner Tag! Da heißt es schaffen, Freunde. Carpe diem. Mir scheint die Sonne aus dem Arsch.« Aber trotzdem muss ich mich bis um 11:00 Uhr schlafend stellen, damit niemand Verdacht schöpft.

»Du hast dich auch immer über Jogger lustig gemacht«, sagt Frank, »und jetzt läufst du nachts, weil du Angst hast, gesehen zu werden. Du solltest einfach dazu stehen, dass du ein Dudu bist.«

»Ein Dudu?«

»Ein Durchschnittsdude. Halt ein normaler Mittelschichtsleut.«

»Was ist ein Leut?«

»Na, der Singular von Leute. Zwei Leute, ein Leut.«

»Und warum sprichst du immer in Akronymen?«

»Weil man viel Zeit spart, wenn man die Wörter abkürzt. Ich mach das ja auch nur bei Komposita.«

»Ja, man spart in der Tat sehr viel Zeit, wenn der Gesprächspartner immer nachfragen muss, was der andere meinen könnte. Dein System hat noch so einige Lücken, Mister Dudu.«

»Wie dem auch sei«, sagt Frank, »du solltest aufhören, dich künstlich zu verstellen und dich der Normalität zu verweigern. Weißt du, Menschen, die sich auf Teufel komm raus vor der Spießigkeit bewahren wollen, wirken oftmals sehr bemüht und angestrengt. Und jetzt tu nicht so, als wärst du jemals Punk gewesen. Hättest du damals Parolen gesprüht, hätte da gestanden: *Fuck the system. Aber nicht zu doll. Und bitte danach aufräumen. Danke für Ihr Verständnis.*«

»Ich habe aber Angst.«

»Wovor hast du Angst?«

»So zu werden wie *sie*. Vor der Vapianoisierung der eigenen Lebenswelt. Dass sich diese vollkommen durchsterilisierte seelenlose Systemgastronomiementalität ihren Weg in meinen Hypothalamus fräst und ich irgendwann sage: ›Jetzt habe ich aber Bock auf Pabape im Vapi‹.«

»Was ist Pabape im Vapi?«

»Pasta mit Basilikumpesto im Vapiano.«

»Du hast recht«, sagt Frank. »Mein System ist wirklich scheiße.«

»Fuck the system«, sage ich.

»Komm, wir gehen in die Stadt. Ein bisschen frische Luft wird uns guttun. Außerdem habe ich eine kleine Überraschung für dich.« Frank wirkt entschlossen.

Dreißig Minuten später stehen wir in einer P&C-Filiale, und ich beobachtete die Menschen vor mir in der Schlange. Hinter der Kasse stehen sieben Mitarbeiterinnen. Die erste begrüßt und lächelt, die zweite reißt die Etiketten ab, die dritte scannt sie ein, die vierte kassiert, die fünfte faltet die Kleidung, die sechste steckt die Ware in die Tüte und die siebte wünscht allen einen schönen Tag. Entweder verstehe ich das Konzept nicht, oder sie stellen dort ausschließlich Menschen mit Inselbegabung ein. Dann will ich nichts gesagt haben. Verwirrt bin ich trotzdem.

»Sie haben sich also für diese wunderschöne formvollendete Multifunktionsjacke entschieden?«

»Ja, das habe ich. Aber ich hätte da noch eine Rückfrage. Was genau sind die Multifunktionen?«

»Wie meinen Sie das?«

»Also, wenn ich mir einen Multifunktionsdrucker kaufe, dann kann ich damit in der Regel drucken, scannen, faxen und meinetwegen Brötchen aufbacken. Was kann diese Jacke?«

»Ich verstehe. Nun, zuallererst ist es eine Jacke. Diese Funktion hat sich etabliert.«

»Und dann?«

»Was weiß ich, probieren Sie es aus. Ihnen wird schon was einfallen.«

»Na gut, ich nehme sie.«

Frank bezahlt die Jacke, lächelt mich an und sagt: »Alles Gute nachträglich zum Geburtstag. Und herzlich willkommen in meiner Welt.«

Wenige Minuten später stehen Frank und ich in signalroten Jack-Wolfskin-Jacken in der Fußgängerzone der Innenstadt.

»Und, wie fühlt es sich an?«, fragt Frank.

»Großartig. Ich fühle mich wie ein neuer Mensch.«

»Schön.«

»Weißt du, ich glaube mit Jack-Wolfskin-Jacken ist es wie mit Hunden: An und für sich völlig okay, aber der Mensch dazu oftmals fragwürdig.«

»Wie meinst du das?«

»Na ja, bei Hundehaltern sind ja nicht die Hunde scheiße, sondern meistens die dazugehörigen Besitzer. Weil sie sich irgendwann völlig mit ihrem Hund identifizieren. Dann sprechen sie über nichts anderes mehr und treffen sich nur noch mit anderen Hundebesitzern. Bis die Lebenswelt nur noch aus Sätzen besteht wie: ›Der kleine Bello hat gestern Pfötchen gegeben und Sitz gemacht. Ja, fein. Und was kann euer Vieh?‹«

Frank nickt. »Vielleicht hast du recht.«

»Aber egal. Ich finde das gut. Endlich haben wir Partner-jacken. Darauf habe ich mein Leben ...« Bevor ich den Satz beenden kann, rempelt mich ein junger Mann an.

»Entschuldigung, blöde Frage, aber sind Sie ...« Der Mann sieht auf die Wolfstatze an meiner Brust. »Ach nee, hat sich erledigt.«

»Auf in die Wildnis«, brülle ich und schlage mir mit der Faust auf die Brust.

»Ja«, ruft Frank. »Wie echte Männer.«

»Ja, echte Männer in bescheuerten Jacken. Wo ist eigentlich die Wildnis?«, frage ich.

»Weiß nicht. Da drüben gibt es einen kleinen Park.« Frank zeigt mit dem Finger auf eine kleine Grünfläche mit zwei Bäumen. »Dort vielleicht?«

»Ein Baum ist ein Baum«, sage ich. »Zwei Bäume sind ein Wald. Ich denke, das geht.«

Als wir losgehen wollen, vibriert mein Smartphone in der Hosentasche.

Ich blicke auf das Display: »Oh, warte kurz. Ich hab gerade eine Mitteilung von eBay bekommen. Muss noch eine Kundenbewertung schreiben.«

»Spürst du eigentlich schon eine Veränderung durch deine neue Jacke?«, fragt Frank.

»Nein«, sage ich und tippe *Netter eBayer. Gerne wieder.*

»Hast du das gerade wirklich geschrieben?«, fragt Frank.

»Warum denn nicht?«

»Na ja, früher hättest du was anderes geschrieben. Irgendwie frecher.«

»Frecher?«

»›Netter eBayer. Fick dich hart.‹ So die Richtung.«

»Aber ein höflicher, respektvoller Umgang zwischen privaten Gewerbetreibenden ist doch die Basis für diese großartige Plattform«, sage ich.

»Irgendwie bist du komisch«, meint Frank. »Aber egal. Jetzt komm. Echte Männer müssen in den Wald.«

»Und was sollen wir dort machen? Ein Reh schießen? Feuer machen? Wurzeln essen? In den Krieg ziehen?«

»Ja, zum Beispiel.«

»Meinst du, im Wald gibt's WLAN?«

»Bestimmt.«

»Wir könnten uns vorher noch einen Kaffee bei Starbucks holen.«

»Also irgendwie scheinst du das mit der Wildnis nicht verinnerlicht zu haben«, sagt Frank. »Wir können Feuer machen und grillen.«

»Du willst Kaffee grillen?«

»Weißt du was?«, sagt Frank. »Am besten, wir verschieben das Projekt. Du scheinst heute nicht so in Form zu sein. Ich muss daheim eh noch ein paar Dinge erledigen. Sollen wir uns nächste Woche treffen?

»Wegen mir. Trotzdem vielen Dank für die tolle Jacke.«

»Denk dran«, sagt Frank, »du musst dich darauf einlassen. So eine Mufu ist ein Lebensgefühl.«

»Alles klar. Bis nächste Woche.«

»Gerne wieder«, murmelt Frank und verschwindet in der Menschenmenge.

*Eine Woche später:*

»Und? Erzähl! Wie war deine Woche?«

»Sehr schön. Ich nehme alles zurück, was ich jemals über Mufus gesagt habe.«

»Was hast du erlebt?«

»Lies selbst …«

»Was ist das?«

»Ich habe eine Art Gedankenprotokoll angefertigt.«

Frank nimmt den Zettel, entfaltet ihn und fängt an, laut vorzulesen:

MONTAG: *Heute Morgen bin ich aufgewacht und hatte plötzlich tierische Lust, Segway zu fahren. Hat Spaß gemacht. Ich finde, so ein Segway verleiht jedem Menschen eine sehr sportive Aura und erstickt jedweden Vorwurf, man sei eine würdelose Kreatur, bereits im Keim.*

DIENSTAG: *Habe mir bei Thalia das neue Buch von Richard David Precht gekauft. Wie schön, dass es Menschen gibt, die das komplexe Wesen der Philosophie auf so eine zugängliche Art und Weise verständlich machen. Abends war ich im Kaba-*

rett bei Dieter Nuhr. Was für ein erfrischender Abend. Der Mann nimmt wirklich kein Blatt vor den Mund. Traut sich auch an die unangenehmen Themen ran, ohne dabei den überheblichen Deutschen raushängen zu lassen. Endlich sagt's mal einer, dachte ich da hin und wieder. Aber das Nuhr am Rande. Zwinker, zwinker.

**MITTWOCH:** *Morgens klingelte es an der Tür. Vor mir stand ein Typ und fragte, ob er ein Quotenmessgerät an meinem Fenster installieren dürfe. Er sagte, ich sei der absolute Querschnitt der Gesellschaft und somit repräsentativ für ein umfassendes Quotenbild. Das hat mich gefreut. Zur Feier des Tages hab ich mir im Vapiano ein Pabape genehmigt. Man gönnt sich ja sonst nichts.*

**DONNERSTAG:** *Ich habe mir einen Maxicosi gekauft. Habe zwar kein Kind, aber theoretisch könnte die Freundin mir jederzeit zurufen: »Patrick, hol schon mal den Maxicosi.« Das fühlt sich gut an. Endlich bin ich ein Teil der Gesellschaft. Abends haben wir Freunde zum gemeinsamen Kochen eingeladen. Die Mädels haben in der Küche leckere Saucen gezaubert, während wir Männer draußen am Weber-Grill ein paar saftige Steaks gebraten haben. Abends saßen wir dann alle am Feuerkorb und haben den Pärchenurlaub auf Usedom geplant.*
*Wie schön ...*

Frank hält inne, dann sagt er mit zitternder Stimme: »Ich halte das nicht mehr aus. Das ist ja grausam.«
»Findest du?«
»Gib mir die Jacke. Das bist einfach nicht mehr du. Ich vermisse den trotzigen Pseudorebellen in seinem verkrampften

Streben nach Individualismus. Kannst du nicht wieder der alte Zyniker sein?«

Ich bin erleichtert. »Wenn du meinst …«

»Wir werden diese Jacke umgehend im Wald verbrennen«, sagt Frank. »Dann können wir auch endlich ein Feuer machen. Ich gehe ein bisschen Holz sammeln. Und dann machen wir Feuer mit einer Lupe. So wie in den Lustigen Taschenbüchern.«

»Hier! Schau mal!«, sage ich.

»Was ist das?«, fragt Frank.

»Ein Feuerzeug.«

»Ich sehe, du versaust es wieder.«

»Tut mir leid.«

»Egal. Gib mir deine Jacke.« Frank wirkt entschlossen.

»Das geht nicht.«

»Warum?«

»Ich habe sie nicht mehr. Ist eine lange Geschichte. Kleiner Tipp. Sie ist bei dir.«

»Wie das?«

»eBay«, sage ich, »du hast sie mir geschenkt. Ich habe sie noch in der Schlange fotografiert, bei eBay reingesetzt, und du hast sie zwei Tage später selbst ersteigert.«

»Aber du hast doch dieses Protokoll geschrieben …«

»War gefälscht. Hier ist das echte.«

Frank nimmt den Zettel und liest vor: »*Fick dich hart. Dein Dudu.*«

»Endlich bist du wieder der Alte.« Frank scheint tatsächlich glücklich und erleichtert zu sein.

»Warum hast du die Jacke eigentlich noch mal gekauft?«

»Mit Mufus ist es wie mit Komplimenten«, bemerkt Frank. »Man kann nie genug davon bekommen. Ich habe mir vorgenommen, an jedem Wochentag eine andere Farbe zu tragen.«

»Freak«, sage ich. »Aber hat Spaß gemacht, mit dir Geschäfte zu machen. Du bist ein netter eBayer.«

»Gerne wieder«, sagt Frank. »Bock auf Vapiano?«

»Ich hasse dich«, sage ich.

# Desillusionierung im Alltag

## – I –

*Ich sitze am Küchentisch und lese Zeitung, als plötzlich die Freundin hinter mir steht.*

Sie: »Hast du den Müll runtergebracht?«

Ich: »Na sicher. Ist wie Wind für 'ne Kerze.«

Sie: »Aha.«

Ich: »Solltest du an dieser Stelle nicht eigentlich fragen, was ich damit meine?«

Sie: »Ist mir aber egal.«

Ich: »Bitte! Frag doch.«

Sie: »Also gut, dann noch mal von vorne. Hast du den Müll runtergebracht?«

Ich: »Ist wie Wind für 'ne Kerze.«

Sie: »Jetzt bin ich aber gespannt, was du damit meinst.«

Ich: »Na, da kannste von ausgehen.«

Sie: »Manchmal verstehe ich wirklich nicht, wie du mit Humor dein Geld verdienst.«

*Sie verlässt den Raum.*

*Die erste Drogenkontrolle meines Lebens fand vor wenigen Monaten statt. Auf der Autobahn überholte mich ein Polizeiauto, ordnete sich vor mir ein, und ein dezentes* Bitte folgen! *leuchtete im Heck des Wagens auf. Ich hielt auf dem nächsten Parkplatz, kurbelte das Fenster hinunter und sah die Beamtin entschlossen auf mich zukommen. Tatsächlich war ich sehr aufgeregt, wurde ich doch bis zu diesem Zeitpunkt nicht ein einziges Mal von der Polizei kontrolliert. Ich fühlte mich aber auch ein bisschen wie ein verruchter Ganove aus einem Actionfilm und war erfüllt mit kindlicher Vorfreunde. Endlich wurde es mal spannend in meinem Leben. Dann …*

POLIZISTIN: »Guten Tag, das ist eine allgemeine Drogenkontrolle. Einmal Führerschein und Fahrzeugpapiere, bitte!«
ICH: »Hier.«
POLIZISTIN: »Herr Salmen, führen Sie Rauschgift mit sich?«
ICH: »Nein.«
POLIZISTIN: »Find ich klasse. Das war's auch schon. Tschüss.«

*Ich bin frustriert.*

ICH: »Wollen Sie nicht wenigstens den Kofferraum durchsuchen?«
POLIZISTIN: »Da Sie ja kein Rauschgift dabeihaben, wäre das recht dumm. In diesem Sinne … Hier, ein Gratiskugelschreiber!«

*Ich glaube, so enttäuscht war ich noch nie.*

*Ich sitze am Schreibtisch. Hinter mir steht die Freundin und schaut auf den Bildschirm meines Laptops.*

SIE: »Was ist das da links für ein Ordner?«
ICH: »Da sind meine Texte drin.«
SIE: »Und *den* hast du *Literatur* genannt?«
ICH: »Äh, ja …«
SIE: »Süß.«

*Die Buchmesse in Kurzform: Signierstunde, ein älterer Herr kommt zum Tisch und mustert mich …*

MANN: »Sind Sie Simon Beckett?«
ICH: »Nein. Der kommt irgendwann später.«
MANN: »Und SIE sind?«
ICH: »Salmen, Patrick. Ich schreibe Kurzgeschichten.«
MANN: »Aha. Also sind Sie NICHT Simon Beckett?«
ICH: »Nein.«
MANN: »Dann interessieren Sie mich nicht.«

Ich komme nach einem langen Tag ins Hotelzimmer und werfe einen Blick in die Minibar. Ein Snickers kostet 4,50 Euro. Ich denke: *Oh, verdammt. Das ist aber teuer. Dann halt nicht, ihr vermaledeiten Penner!* Mache die Minibar wieder zu und lege das Snickers gedankenverloren auf den Schreibtisch. Ich gehe ins Bad.

*Zwei Minuten später.*

Ich komme aus dem Bad, gehe am Schreibtisch vorbei und denke: *Oh, da liegt ja ein Snickers. Wie toll!* Ich esse es innerhalb weniger Sekunden auf. Manchmal glaube ich, ich bin Homer Simpson.

# DIE LETZTEN INTELLEKTUELLEN
## DES DORFES

*Als Junge vom Dorf fühle ich mich ohnehin stets wie der König beim Schach. Wohin man auch blickt – nur Bauern vor der Nase.*

Dass ich nicht unbedingt aus einem klassischen Akademikerort stamme, habe ich spätestens gemerkt, als ich vor einigen Wochen in meiner Heimat an der Bushaltestelle stand.

Ein älterer Herr neben mir zeigte irgendwann mit dem Finger auf einen lesenden Kerl im Bus und grummelte: »Vor Jahren hat er schon einmal ein Buch gelesen. Seitdem nennen sie ihn hier den ›Philosophen‹.«

»Freak«, sagte ich. »Mit Büchern fängt es an, und später stürzen die dann komplett ab. Abitur, Eliteuni … und irgendwann hängen sie an der Nadel und schlafen in ihrem eigenen Erbrochenen.«

»Die menschliche Verwahrlosung hat viele Facetten«, sagte der Herr, und ich nickte zustimmend. »Kennen Sie den Jungen?«

»Mitnichten. Mit solchen Leuten will ich nichts zu tun haben.«

An diese Geschichte musste ich neulich denken, als im Feuilleton mal wieder der Tod des klassischen Intellektuellen beschworen wurde. Vorbei sei die Zeit der Universalgelehrten, hieß es da. Dem möchte ich allerdings widersprechen, denn die Herren Journalisten haben etwas sehr Entscheidendes übersehen.

Der Junge, auf den der ältere Herr zeigte, war niemand Geringeres als mein bester Freund Frank. Oder eben besser bekannt als »Der Philosoph«. Frank ist seit meiner Kindheit mein bester Kumpel und hat mich die wichtigste Kunst des Lebens gelehrt, als er sagte: »Über Intelligenz kann man sagen, was man möchte. Wichtig ist nur, dass dich die vermeintlich klugen Menschen für dumm und die vermeintlich dummen Menschen für klug halten. Entscheidend ist es im Leben, zum jeweils richtigen Zeitpunkt unter- oder überschätzt zu werden.« Recht hat der Mann. Und er selbst ist das beste Beispiel: Seine Bekannten, Mitschüler und Nachbarn hielten Frank zeit seines Lebens für hoch begabt. Seine engsten Freunde, Eltern und Lehrer hingegen wussten – der Junge ist dumm wie Dosenbrot. Aber er konnte damit umgehen, denn im monochromen Vorstadtdschungel wurde Frank »Das Chamäleon«. Ein Verwandlungskünstler, wie er im Buche steht, der Superheld »Mimikry«.

Es muss so in der 10. Klasse gewesen sein, zu einer Zeit, in der Eimerrauchen und Erdbeer-Limes-Exzesse einen nicht unwesentlichen Part in der Gestaltung unseres Freizeitprogramms darstellten, als Frank in ebenjenem Alter von fünfzehn Jahren ein Literaturstipendium verliehen wurde. Angeblich, so hieß es, habe er sich zuvor in einem Vollrausch in die modernen Lyrikbände aus dem Büro seines Vaters – eines angesehenen Literaturkritikers – vertieft. Was die können, kann ich auch, muss er sich gedacht haben und begann, unter dem Pseudonym Òlafur Sigurddson kryptische Gedichte zu schreiben. Mit Hilfe der Mail-Kontakte seines Vaters gerieten diese dann in die richtigen Hände, und zwei Monate später wurde Frank zu Lesungen in renommierten Literaturhäusern eingeladen und bekam ein Stipendium in Höhe von 15 000 DM verliehen. In der Begründung hieß es, der nun in Westdeutschland verweilende isländische Emigrant Òlafur Sigurdson sei der neue Stern am Literaturhorizont. Sein bekanntestes Werk war ein kleiner Gedichtband mit dem Titel *Es knarzt im Gebälk – Hybride Lyrik in Zartflieder.* Man war sich einig, dass dieses Werk ein gleichsam fragiles, synästhetisches wie auch von einer brachialen Urgewalt durchströmtes Zeugnis einer neuen Bewegung sei, die ihresgleichen suche.

Hier ein Auszug:

*Kartoffeln aus Holz*

*Da ist Ramses, der wandelt*
*Wahrhaft in den Rillen der Träume*
*Und Rudi, das mentäre Mondkalb*
*Das da blökt und tollt in der Nacht*
*Irgendwann werden wir uns in den Armen liegen*
*Hörst du, Isisnofret?*
*Hörst du die Milch, Gemahlin?*
*Sprießend aus*
*Blättern totgesagter*
*Yucca-Palmen*
*Die Nacht ist noch jung*
*Das Kalb schläft*
*Stakkato*

Schön muss der Moment gewesen sein, als die Cordsakko-Gesellschaft des Literaturhauses ehrfürchtig und angespannt den renommierten isländischen Dichter erwartete und dann ein sechzehnjähriger Dorfjunge in Wu-Tang-Pullover vor sie trat. Was aus den 15 000 Mark geworden ist, weiß bis heute niemand, aber ich kann versichern, dass Frank zu Abiturzeiten ein recht passables Leben geführt hat.

Frank verstand es, sich mit einer Aura des Geheimnisvollen zu umgeben. Man konnte ihn durchaus als bauernschlau bezeichnen. Er war nicht nur zu einem isländischen Dichterfürsten aufgestiegen, sondern erntete zeitgleich, nachdem er mit einem Schraubenzieher Kratzer in die Achsen und die Brettunterseite seines Skateboards geritzt hatte, auch den Respekt der besten Skater der Schule – obwohl er bis zum heutigen Tag nie auf einem Deck gestanden hat. Allein die Schrammen erzählten die Geschichte, dass er der Einzige im Viertel gewesen sei, der die hohe Kunst des Grinds und Slides perfektioniert habe.

Das Buch, das Frank damals den Namen »Der Philosoph« eingebracht hatte, war Walter Benjamins *Das Kunstwerk im Zeitalter seiner technischen Reproduzierbarkeit*. Doch die Wahrheit ist, dass Frank lediglich den Schutzumschlag des Buches verwendet hat – dahinter verbarg sich der kleine Bildband *Traktor-Giganten*.
Inspiriert von den Lesezirkel-Magazinen in Arztwartezimmern, gründete Frank, ausgestattet mit einer Heißklebepistole und seiner alten Linkshänderbastelschere, eine Art DIY-Unternehmen, und schon bald schlummerten diverse Schundromane und einschlägige Erotikblättchen in ehrwürdigen Buchdeckeln von *Kritik der Urteilskraft* oder Heideggers

*Sein und Zeit.* So kam es, dass man uns Bollerköppe bald für die letzten Intellektuellen des Dorfes hielt. Schön war das.

Frank hatte damals noch mehr Ideen, und mit einem völlig bescheuerten Trick wollte er ein Mädel für mich aufreißen. Das Grundkonzept lautete: Ich sollte in die Rolle eines Prominenten schlüpfen, während meine Kumpels sich als meine Leibwächter ausgaben.

»Alles eine Sache der Aura«, sagte Frank. »Du wirst sehen, das ist eine idiotensichere Nummer. Die Mädels stehen auf Stars.« Und so formierten wir um mich herum ein Team aus wilden Kriegern. Das Resultat war ausbaufähig, aber solide. Meine Bodyguards – das war neben Captain Hook, der dicken altersschwachen Hauskatze und meinem Kumpel Jens Frank selbst, der sich für das waghalsige Unterfangen extra die schwarze Bomberjacke seines Patenonkels ausgeliehen hatte. Da Frank eine leichte Lese- und Rechtschreibschwäche hatte, stand hinten auf der Helly-Hansen-Jacke nicht *Bodyguard*, sondern *Body-Gerd* – geschrieben mit Edding. Neben drohendem Ärger mit seinem Patenonkel war für Frank auch ein neuer Spitzname vorprogrammiert.

Body-Gerd war jedenfalls Kapitän eines dreiköpfigen Teams, bestehend aus einer fetten Katze und zwei spindeldürren Security-Kanten mit Milchbärten und Dinosaurierbrustbeuteln: die Bande des Schreckens.

Ich tippte Body-Gerd an und sagte: »Sieh dich nur an, Gefahr ist dein zweiter Vorname.«

»Nein«, sagte er, »ich heiße Frank. Das weißt du doch.« Sagen wir mal so, der Hellste war er nicht.

Brustbeutel waren schon damals eine absolute scheiß Erfindung und sind, Gott sei Dank, weitestgehend ausgestorben.

Kumpel Jens zum Beispiel hat bis heute eine faustgroße Delle an der Schläfe, weil ihm das Ding immer, wenn er morgens hektisch zum Bus rannte, wie ein nasser Lappen in die Fresse geschlackert ist.

Zwanzig Pfennig waren damals viel wert. Ein Schatz, den ich direkt an meiner Brust trug – gemeinsam mit der Busfahrkarte, dem Zettel mit Muttis Bürotelefonnummer und einem Hanuta-Aufkleber von Mike Werner, dem mit Abstand hässlichsten Fußballspieler aller Zeiten.

Was neben dem Brustbeutel als Relikt dieser Zeit ebenfalls ausgestorben ist: der Discman mit Anti-Shock-Funktion. Damit konnte man sogar Joggen gehen, hieß es. Am Arsch. Ich schwöre, ich kenne NIEMANDEN, NIEMANDEN, ich kenne noch nicht einmal jemanden, der jemanden kennt, der jemanden kennt, bei dem das jemals funktioniert hat. Das hat nicht nur nicht funktioniert, sondern hätte auch noch absolut scheiße ausgesehen, wenn man mit so einem klobigen Ding an der Gürtelschnalle durch die Pampa gehüpft wäre. Genauso gut hätte man sich einen Röhrenfernseher an die Stirn tackern können. Aber ich schweife ab.


Einmal musste Frank allerdings eine herbe persönliche Niederlage einstecken: Wir waren in der zweiten Klasse und standen gemeinsam im Finale eines Buchstabierwettbewerbs. Zugegeben, wir waren die einzigen Teilnehmer des Wettbewerbs, aber das muss ja keiner erfahren. Die Schmach der unerwarteten Niederlage nagt bis heute an ihm. Frank musste damals das Wort *Feuilleton* buchstabieren. Mein Wort hingegen war *Brot*. Den Zettel, auf dem Frank sein Wort buchstabierte, werde ich niemals vergessen: F-Ö-J-E-T-O-N-K. Im Rheinland hätte Frank vermutlich gewonnen. In diesem Fall war seine Variante allerdings eher suboptimal.

Body-Gerd arbeitet übrigens mittlerweile als Rechtsanwalt in einer angesehenen Kanzlei, und statt des Vierertickets und Muttis Telefonnummer trägt er nun mehrere goldene Kreditkarten und einen Mitgliedsausweis des Lions Club bei sich. Aber manchmal lässt er sich morgens klammheimlich einen kleinen Milchbart stehen.

Unsere Freundschaft hat über all die Jahre gehalten, Träume haben wir nicht mehr viele. Abspann. Ein Song von Yann Tiersen. Untergehende Sonne. Rückblende. Bild von Frank mit Milchbart. Sepia-Filter. Brustbeutel. Polaroid-Optik. Danke. Tschüss.

# MENSCHEN UND BÜCHERREGALE – EINE TYPOLOGIE

Eines muss ich zu Beginn klarstellen: Es gibt nur eine einzige korrekte Art, nach der man sein Bücherregal sortieren kann. Erstens Hauptgattung (also Roman, Lyrik, Drama, Biographien etc.), dann innerhalb einer Gattung alphabetisch nach Name des Autors und abschließend innerhalb des Namens bei mehreren Werken nach Erscheinungsdatum oder meinetwegen nach Größe. Aus. Fertig.

Jetzt kann man natürlich sagen: Soll doch jeder machen, wie er will. Hauptsache, man findet sich zurecht. Ja, kann man natürlich machen. Man kann alles machen. Die Frage ist, ob man dann noch viele Freunde hat. Ich denke, nicht.

Hier die größten Sünder:

1. Die Nach-Farbe-Sortierer: Ich könnte kotzen. Wer seine Bücher nach Farbe sortiert, ist ein schlechter Mensch. Man sollte das Sortieren von Büchern nach Farbe auf eine Stufe mit dem amoralischen Schlachten und Ausnehmen von Robbenbabys stellen. So etwas tut man nicht. Das ist unschön. Wer Bücher nach Farben sortiert, hört auch Radio-Pop von Adel Tawil oder Revolverheld. Bücher nach Far-

ben zu sortieren ist literarischer Rassismus. *Oh, ein gelbes Reclamheft. Das stell ich zu den anderen Chinesen.* Das ist Mist. Das ist menschen- und bücherverachtende Kackscheiße. Im Kleinen fängt das an und – zack! – haben die Pegida-Demos noch mehr Zulauf. Unschön.

2. Die Nach-Größe-Sortierer: Das sind die Allerschlimmsten. Da wird mein innerer Monk so richtig grantig. Was glaubt ihr, wer ihr seid, ihr menschgewordenen Geodreiecke? Kommt mal auf euer Leben klar! Wer Bücher nach Größe sortiert, benutzt auch lustige Buchstützen. Irgendwelche Pop-Art-Figuren, die so tun, als würden sie das Buch auffangen. Eins möchte ich klarstellen: Eine Buchstütze hat nicht lustig zu sein. Eine Buchstütze hat ein Buch zu stützen, hat wie Atlas die Last der Welt auf ihren Schultern zu tragen. Sie soll aber verdammt noch mal nicht lustig sein. Wer lustige Buchstützen kauft, hat auch Kaffeetassen mit Sprüchen zu Hause. *Nicht mehr alle Tassen im Schrank* steht dann dadrauf. Und alle denken: *Ja, man, sie hat tatsächlich nicht mehr alle Tassen im Schrank, weil sie die eine ja in der Hand hat.* Verdammt noch mal, ist das witzig! Jeder hier in der Kantine soll es wissen! Würde Sybille nicht immer mit einer bedruckten Kaffeetasse durchs Büro laufen, hätte niemand erfahren, dass sie ein total humorvoller Mensch ist.

3. Die Gar-Nicht-Sortierer: Meist anzutreffen in studentischen Altbauwohnungen mit Echtholzdielen. Kunst- und Fotografiestudenten, die ihre gestapelten Bücher zu Tischen umfunktionieren. Die Europaletten als Betten benutzten, weil sie es können. Das ist zynisch. Da draußen gibt es Menschen, die benutzen Europaletten als Betten, weil sie müssen! Und dann liegen sie einfach so da, die Bücher. Zufällig soll es wirken und auf euren zerstreut

kreativen Künstlercharakter hinweisen. *Oh! Seht her. Ich widerstrebe eurer biederen Bausparerspießigkeit, indem ich meine Schallplatten und Bücher auf den Boden lege. Einfach so. Wie subversiv. Ich Wilder! Manchmal bin ich auch ganz verrückt und melde sogar meinen USB-Stick nicht ab.* Ich-Menschen seid ihr. Weil es euch scheißegal ist, ob Besucher sich in eurem Chaos zurechtfinden. Elende Egozentriker. Die Sorte Mensch, die in Gesprächen ständig alles auf sich selbst bezieht. Wenn ihr jemanden fragt, wie es ihm geht und er sagt: »Den Umständen entsprechend. Ich habe Krebs.« Dann sagt ihr: »Oh! Ich kannte auch mal jemanden, der Krebs hatte. Das war auch für mich nicht leicht.«

Ich könnte ewig so weitermachen. Aber vielleicht steigere ich mich da auch rein. Was nicht heißt, dass ich eure scheiß Systeme toleriere.

Erst neulich stand ich in einer gut sortierten Buchhandlung und an einem Regal hing tatsächlich ein Schild mit der Aufschrift *Holocaust und Humor*. Das war dann auch für mich nicht leicht.

# Es knarzt im Gebälk –
## Hybride Lyrik in Zartflieder

*Es knarzt im Gebälk*
*Do you hear that, Adele*
*Im Tontopf knospt die Aster*
*Draußen kalbt*
*Brünstig ein Milchmann*
*Gebärt einen Stern*
*Aus schimmerndem Kalk*
*Wo ist die Zeit nur geblieben?*
*Adele, ein Wispern im Wind*
*Do you know who I am?*

(Frank K.)


**INTERVIEW:**

I: »Herzlich willkommen, Herr S., schön, dass Sie Zeit gefunden haben, um unseren interessierten Lesern des Literaturmagazins *Lesen fetzt voll* einen kleinen Einblick in Ihr literarisches Schaffen zu gewähren. Erst kürzlich erschien Ihr vom Feuilleton hochgelobter Gedichtzyklus – ich glaube nicht, dass ich mich da jetzt zu weit aus dem Fenster lehne, wenn ich von einem Jahrhundertwerk spreche – *Es knarzt im Gebälk – Hybride Lyrik in Zartflieder*. Ein monumentales Werk, wie wir es in Deutschland lange nicht vorgefunden haben. Herr S., woher rührt Ihr Interesse für dieses Sujet? Woher nehmen Sie die Ideen?«

K: »Das ist natürlich immer schwer zu sagen. Meist sind es Assoziationen, Bilder, Erinnerungssplitter, fragmentarisch, ungeordnet. Literatur ist ja auch immer ein Spiel mit dem Unterbewusstsein. In diesem Fall war es aber der Anblick einer Aster.«

I: »Sehr interessant. Die Aster in ihrer Rolle als Korbblütler ...«

K: »Da möchte ich einhaken. Für mich steht sie ganz für sich. Losgelöst von jedweder Gattung. Ich möchte sie aus ihrem Korsett befreien, ihr Raum zum Atmen schenken. Wesentlich spannender finde ich ihre Symbolik in der Traumdeutung.«

I: »Das wiederum finde ich jetzt nicht so spannend.«

K: »Pas de problème.«

I: »Wie mondän. Aber zurück zum Thema. Immer wieder sprechen Sie in Ihren Gedichten vom Milchmann, wurden von einigen Kollegen wiederholt in eine rechte Ecke gedrängt. Der mittelständische weiße Mann als Vorbote einer ...«

K: »Ich möchte Ihnen da doch entschieden ins Wort fallen. Wenn wir das hier bitte ausklammern könnten. Ich habe mich jahrelang ausführlich davon distanziert.«

I: »Kommen wir zu Ihrem Frühwerk *Mondkalbmetamorphosen – Hybride Lyrik in Fraktur*. Es unterscheidet sich in seiner Komplexität ja durchaus von Ihrem jetzigen Werk. Erschienen bei der ostwestfälischen Arbeitsgemeinschaft Verl-AG in einer Auflage von fünfzig Stück. Davon wurden drei Exemplare verkauft und damit führen Sie im Bereich hybride Lyrik deutlich die Verkaufsränge an. Wobei man sagen muss, dass *Landhaustentakel and something in English* mit aktuell zwei verkauften Werken auf dem besten Weg ist, Ihnen den Rang abzulaufen. Haben Sie Angst?«

K: »Sollte das jetzt witzig sein?«

I: »Nein.«

K: »Dann ist ja gut. Reden wir lieber über die Zukunft. Demnächst erscheint meine Biographie *Mein Leben an sich – ein Rückblick* beim Wermelskirchener Verlag »Wort ist ihr Hobby«. Ich denke, ich bin an einem Punkt angelangt, an dem ich meinen literarischen Zenit erreicht habe. Da möchte ich einfach auch mal etwas von mir erzählen. Einfach mal Mensch sein …«

I: »Vielen Dank, Sie arrogantes Arschloch.«

K: »Gern geschehen.«

# Kurzurlaub auf dem Land

*Hin und wieder besuche ich am Wochenende meine Familie auf dem Land. Obwohl ich selbst dort aufgewachsen bin und sozialisiert wurde, kommt mir der dortige Humor nach Jahren der Abwesenheit erfrischend anders vor. Aber lesen Sie selbst ...*

## – I –

*Am frühen Morgen gegen 8:00 Uhr an der Tankstelle. Ein Mann betritt den Shop ...*

Kassierer: »Morgen, Kisten-Willi.«
Mann: »Moin. Wie isset?«
Kassierer: »Muss. Einmal die Sieben?«
Ich: »Sie heißen Kisten-Willi?«
Mann: »Mein Spitzname. Wegen dem Job.«
Ich: »Getränkemarkt?«
Mann: »Nein, Bestatter.«

## II

*Ich stehe vor einem Kiosk. Die Tür ist verschlossen. Ein älterer Herr schaut von der gegenüberliegenden Straßenseite aus dem Fenster.*

MANN: »Kann ich Ihnen weiterhelfen?«
ICH: »Na ja, eigentlich wollte ich Zigaretten kaufen.«
MANN: »Warten Sie. Ich schließe Ihnen auf.«
ICH: »Oh! Das ist aber nett.«

*Der Mann kommt im Bademantel aus dem Haus und schließt die Kiosktür auf.*

MANN: »Ich habe heute nicht mit Kundschaft gerechnet. Ist ja auch Feiertag.«
ICH: »Umso freundlicher von Ihnen.«
MANN: »Was möchten Sie denn haben?«
ICH: »Eine Schachtel blaue Gauloises, bitte.«
MANN: »Watt für'n Zeugs?«
ICH: »Gauloises.«
MANN: »So 'nen französischen Kram ham wir hier nicht. Wir haben hier nur deutsche Zigaretten.«
ICH: »Dann nehme ich die.«
MANN: »Marlboro oder West?«

*Ich bin kurz verwirrt.*

ICH: »Dann nehme ich West. Was bekommen Sie von mir?«
MANN: »Passt schon. Ich glaub, die sind seit zwei Jahren ab-gelaufen.«
ICH: »Raucht denn hier niemand außer mir?«

MANN: »Das weiß ich nicht. Aber Sie sind der erste Kunde seit … Ach, ich kann mich schon gar nicht mehr erinnern, dass mal einer hier war.«

ICH: »Darf man fragen, warum Sie dann einen Kiosk betreiben?«

MANN: »Ich betreibe ihn ja nicht. War nur zu faul, das Schild abzuhängen. Mein Bruder hat den mal betrieben, aber dann hat er sich beruflich umorientiert. Hach, unser Kisten-Willi. Gott hab ihn selig!

ICH: »Sind Sie sicher, dass er tot ist? Ich hab ihn kürzlich an der Tankstelle gesehen.«

MANN: »Echt jetzt?«

ICH: »Bin mir sicher.«

MANN: »Der Schweinehund hat mich verarscht. Und ich hab hier den scheiß Kiosk an der Backe. «

ICH: »Hm …«

MANN: »Und Sie meinen, es war wirklich unser Kisten-Willi?«

ICH: »Wenn Willi Bestatter ist?«

MANN: »Nee, er war Getränkehändler.«

ICH: »Dann war es ein anderer. Heißen hier eigentlich alle Menschen Kisten-Willi?«

MANN: »Um Gottes willen.

ICH: »Um Gottes Willi.« *(Hehe)*

MANN: »Nee, nicht alle. Aber das Prinzip bleibt gleich. Immer erst irgendwas mit dem Beruf, dann der Vorname. Kann man sich ganz leicht merken. Dass die jetzt ausgerechnet beide Willi heißen, ist ein Zufall.«

ICH: »Wie heißen *Sie* denn?«

MANN: »Kippen-Willi. Ach, verdammt. Jetzt fällt's mir auch auf.«

ICH: »Ihre liebe Mutter hat tatsächlich beide Kinder Willi genannt? Das nenne ich mal konsequent.«

MANN: »Quasi – wir heißen Willibald und Willibold.«

ICH: »Und Kippen-Willi, weil Sie gerne rauchen?«

MANN: »Nee, weil ich so gerne Porree esse.«

ICH: »Sie müssen ja nicht direkt schroff werden. Was bekommen Sie von mir?«

MANN: »Das passt schon. Erzählen Sie lieber, dass hier ein neuer Kiosk aufgemacht hat. Sind Sie heute Abend beim Feuerwehrfest?«

ICH: »Was ist denn sonst noch so los?«

MANN: »Verstehe die Frage nicht.«

ICH: »Na, neben dem Feuerwehrfest. Was geht heute Abend so ab?«

MANN: »Verstehe die Frage noch immer nicht. Wenn Feuerwehrfest ist, ist Feuerwehrfest.«

ICH: »Na gut …«

MANN: »Ich mein, wenn Sie jetzt privat noch Chanukka feiern wollen, ist das Ihre Sache, aber Gäste werden Sie nicht groß haben.«

ICH: »Dann sehen wir uns wohl später …«

MANN: »Ist gut. Und vergessen Sie Ihre Marlboro nicht. Wenn Se zurück inne Großstadt sind, können Sie wieder Ihr französisches Künstlerzeugs rauchen.«

ICH: »Chapeau.«

MANN: »Jetzt werden Se mal nicht übermütig.«

## III

*Auf dem Feuerwehrfest.*

ICH: »Guten Tag, eine Bratwurst, bitte.«

VERKÄUFER: »Was soll denn die Etikette? Sind Sie vom Adel?«

ICH: »Wie meinen?«

VERKÄUFER: »*Guten Tag? Bitte?* So fängt das an. Und gleich kommste hier mit Schnittblümchen an. Also noch mal von vorne!«

*Pause*

ICH: »Eine Bratwurst!«

VERKÄUFER: »Du hörst dich gerne reden, wa? Wat soll das *eine*? Ich mein, wenn du zwei willst, hätteste das doch gesagt. Alles was ich hier hören will, ist 'ne klare Ansage. Nicht so ein blümerantes Geschwafel. Also, noch mal!«

*Pause*

ICH: »Bratwurst!«

VERKÄUFER: »Den Befehlston kannste dir mal ganz schnell wieder abgewöhnen.«

*Pause*

VERKÄUFER: »Willste Senf uffe Wurst?«

ICH: »Geht auch Ketchup?«

VERKÄUFER: »Klar geht auch Ketchup. Ich bin hier völlig tolerant. Und wenne hier mit Pumps und 'nem kessen Röckchen aufkreuzt. Ich mein, das ist ein freies Land. Also Ketchup uffe Wurst?

ICH: »Nee, doch lieber Senf.«

VERKÄUFER: »Sicher? Ich mein, ist ein solider mittelscharfer. Hat aber Pfeffer. Zieht schön durch von innen.«

ICH: »Senf ist super.«

VERKÄUFER: »Du brauchst hier nix beweisen, Sportsfreund. Wenne Ketchup willst, sollste den bekommen. Wat willste denn trinken?«

ICH: »Ich nehm 'ne Spezi.«

VERKÄUFER: »Jetzt nimmste mich aber aufn Arm?«

# GESCHICHTEN AUS DER BAHN

## – I –

Ich sitze in der Regionalbahn Richtung Chemnitz und komme kurz vor der Ankunft in den Genuss folgender Durchsage: »Vielen Dank für die Fahrt mit der Deutschen Bahn und einen angenehmen Aufenthalt in Chemnitz.«

*Längere Pause.*

Plötzlich fängt der Sprecher an zu lachen: »Ich muss mich korrigieren. Ich wünsche Ihnen *einen Aufenthalt* in Chemnitz. Müssen wir uns ja nichts vormachen.«

## – II –

Ich stehe im Bordbistro der Deutschen Bahn und esse ein Stück Butterkuchen, als ein Herr mit Anzug und Aktentasche hereinkommt und sich vor den Tresen stellt.
Mann: »Guten Tag. Einen Kaffee bitte.«
Mitarbeiter: »Sehr gerne. Das macht dann 2,80 Euro.«
Mann: »2,80 Euro für einen Kaffee? Soll das ein schlechter Witz sein? Das ist eine absolute dreiste Unverschämtheit.«

Der Mann redet sich regelrecht in Rage und hält eine zehnminütige wütende Brandrede über die Preispolitik der Deutschen Bahn.

Mitarbeiter: »Regen Sie sich nicht so auf. Wenn Ihnen das zu teuer ist, gehen Sie doch einfach zu Starbucks. Am anderen Ende vom Zug. Letzter Wagen. Macht aber in drei Minuten zu.« Der Mitarbeiter zeigt mit dem Finger zum Gang.

Mann (noch immer sichtlich empört): »Da können Sie sich drauf verlassen, dass ich das tue.«

Der Mann stampft wütend davon und kommt etwa zehn Minuten später wieder. Er ist sichtlich außer Atem.

Mann: »Ich schätze, der Punkt geht an Sie.«


– III –


*Zugdurchsage im Intercity (O-Ton)*


»Liebe Mitreisende, wir erreichen nun unser Nachbardörfchen Düsseldorf. Hier erreichen Sie noch das Bummelbähnchen X und das Regionalbähnchen Y. Nach einem kurzen Aufenthalt zu Ihrer freien Jestaltung, ich empfehle da einen zünftigen Biss in eine herzhafte Knackwurst oder einen Moment des Innehaltens, jeht es dann weiter in dat schönste aller Weltmetropölchen – Kölle am Rhein *(kurzes Schluchzen)*. Verzeihen Sie meine emotionalen Ausschweifungen, aber jetzt bin ich irgendwie selbst ergriffen.«

## IV

Im Zug sitzt mir eine junge Mutter mit ihrem etwa fünfjährigen Sohn gegenüber. Dieser blättert interessiert in seinem Was-ist-Was-Buch, als plötzlich eine Durchsage im Abteil ertönt:

»Der Zugchef bitte einmal in Wagen drei. Der Zugchef, bitte!«

Der kleine Junge steht wortlos auf und geht.

Das nenne ich gesundes Selbstbewusstsein.

# In aller Kürze
## oder
## Willkürliche Passanten

*»Praktisch: Ich bin genau mein Humor.«*

Johannes Floehr

– I –

*Zwei Jugendliche unterhalten sich im Bus über ihren letzten Schultag:*

»Und? Wie ist dein Zeugnis?«
»Usain Bolt.«
»Was meinst du?«
»Na, läuft.«

*Der Typ gefällt mir.*

## – II –

*Berlin Mitte, Straßencafé*

KELLNER: »28,90 Euro, bitte.«
GAST: »29,00. Stimmt so.«
KELLNER: »Wow! Das ist der schönste Tag meines Lebens.«
GAST: »Jetzt werden Sie mal nicht direkt zynisch.«

## – III –

*Gespräch im Theaterfoyer*

SIE: »Jürgen, dieser Wein ist wie dein Humor.«
ER: »Trocken?«
SIE: »Nein, schlecht.«

## – IV –

*An der Bushaltestelle*

KUMPEL: »Haha! Mein Humor ist so dumm, dass er schon wieder gut ist.«
ICH: »Nein, er ist einfach nur so dumm.«

## – V –

*Ein Restaurant in Rom, am Nachbartisch ein deutsches Ehe-*
*paar:*

Er: »Due espressi, per favore. Und 'ne Pulle stilles Wasser.«


## – VI –

*Morgens in Dortmund, Frau mit Hund am Kiosk*

Frau: »LSD, sitz!«
Kioskmann: »Sie haben Ihren Hund LSD genannt?«
Frau: »Jo.«
Kioskmann: »Darf man fragen, warum?«
Frau: »Weil das Vieh nicht alle Tassen im Schrank hat.«
Kioskmann (sichtlich irritiert): »Verstehe. Was darf es
  denn sein?«
Frau: »Einmal die *Süddeutsche*, bitte.«


## – VII –

*Vor der Gursky-Ausstellung in Düsseldorf. Mutter und Vater*
*stehen mit ihrem kleinen Sohn in der Warteschlange vor dem*
*Museum.*

Mutti: »Na, kleiner Mann. Freust du dich schon?«
Sohn: »Ich hasse Kunst. Ich will zu McDonald's.«
Mutti: »Erwin, sag doch mal was.«
Vater: »Ja, äh …«

MUTTI: »Erwin!«
VATER: »Ach, verdammt. Er hat doch recht.«

## – VIII –

»Bin ich hier wieder der Einzige, dem auffällt, dass …?«
»Nein!«

*Aus der Reihe: Tod eines Individualisten*

## – IX –

*Zwei junge Frauen unterhalten sich im Bus über ihre Lieblingsbücher …*

FRAU 1: »Grundsätzlich bin ich ja eher eine langsame Leserin, blättere zurück, mache mir Gedanken, schweife ab, lese die Seite erneut. Ich denke, ich würde mich als Genussleser beschreiben.«
FRAU 2: »Vielleicht bist du aber auch einfach nicht sehr intelligent.«

## – X –

*Ein junges Paar auf der Parkbank*

SIE: »Was hast du eigentlich für eine bescheuerte Hose an?«
ER: »Das ist eine Zipp-off-Hose.«
SIE: »Aha. Und was bringt das?«

ER: »Du kannst mit einem Reißverschluss die Hosenbeine abtrennen.«

SIE: »Falls es unerwartet mal sehr heiß werden sollte?«

ER: »Völlig richtig. Praktisch, oder?«

SIE: »Stimmt. Wie oft denke ich mir: Mensch, jetzt ist es plötzlich so heiß. Wie schade, dass ich mir nicht mit einem Reißverschluss die Hosenbeine abtrennen kann! Wo ich doch an den Unterschenkeln immer so sehr schwitze.«

ER: »Das ist wirklich praktisch …«

SIE: »Falls man dir ganz unerwartet ein Bein amputieren müsste …«

ER: »Schnauze! Mir egal, was du denkst. Ich mag sie.«

SIE: »Wann genau hast du eigentlich deine Selbstachtung verloren?«

## – XI –

*Eine Änderungsschneiderei in der Innenstadt, die Dame an der Kasse verabschiedet ihren Kunden …*

DAME: »Schönen Tag noch, und vielen Dank für den Auftrag.«

ER: »Garn geschehen.«

SIE (SCHÜTTELT DEN KOPF): »Haben Sie das gerade wirklich gesagt?«

ER: »Ja. Aber schon jetzt schäme ich mich.«

SIE: »Vollkommen zu Recht.«

ER: »Tut mir leid.«

SIE: »Für dieses schlechte Wortspiel müsste ich Ihnen eigentlich den doppelten Preis berechnen.«

ER: »Ich schätze, da haben Sie alle Fäden in der Hand.«

SIE: »Es ist besser, Sie gehen jetzt.«

*Gespräch im Bus zwischen zwei Schülern*

SIE: »Ich kann mir den Unterschied zwischen netto und brutto einfach nicht merken.«

ER: »Stell dir vor, du hast zwei Freunde. Einer ist nett. Und einer brutal. Wer ist wohl der Größere?«

SIE: »Wahrscheinlich der Brutale.«

ER: »Siehst du. Also ist brutto größer als netto.«

SIE: »Aber der Nette kann doch auch groß sein. Es gibt auch viele brutale kleine Menschen. Die kompensieren dann meistens was.«

ER: »Es geht ja um die erste Assoziation. Die meisten Schlägertypen sind doch recht groß und stämmig.«

SIE: »Aber warum in aller Welt sollte ich mit einem brutalen Menschen befreundet sein?«

ER: »Du hast das Prinzip von Eselsbrücken nicht verstanden.«

SIE: »Ich merk mir einfach: Wenn man noch Steuern zahlen muss, ist das brutal. Und wenn ich dann trotzdem noch was übrig habe, ist das sehr nett.«

ER: »Ach, das ist doch Hippiescheiße.«

# MENSCHEN UND LUMBERSEXUALITÄT – EINE TYPOLOGIE

*Nachdem ich durch modejournalistische Beiträge vermehrt und sehr subtil auf das Stichwort* Lumbersexualität *aufmerksam gemacht wurde, glaube ich, das Prinzip endlich verstanden zu haben. Anscheinend handelt es sich um einen Trend, bei dem vollbärtige Großstadtmänner des Bildungsbürgertums den ganzen Tag mit Holzfällerhemden und Äxten durch angesagte Viertel flanieren und Sartre lesen. Find ich gut. Hier ein paar weitere Klassifikationsvorschläge:*

TCHIBOSEXUELL: rasierte Männer der oberen Mittelschicht mit Wellensteyn-Jacken und aerodynamischen Joggerleggings. Häufig zu finden in Reihenhaussiedlungen mit Carports und Klinkerfassaden, wo man sie abends mit einer kecken Stirnlampe durch die Gassen streifen sieht. Häufige Lektüre: ein guter skandinavischer Krimi und Biographien im Allgemeinen.

BISTROSEXUELL: stilbewusste Herren der unteren Mittelschicht in bedruckten Camp-David-Shirts oder kurzärmeligen Hemden, die sich öfter mal zu einem total verrückten Cocktailabend in angesagten Innenstadtbistros wie dem Alex oder Extrablatt hinreißen lassen. Oft hört man dann Sätze wie: »Michael, du bist zwar schlicht im Geiste, hast aber einfach sehr schöne Unterarme. Das wäre mir ohne dein kurzärmeliges Cityhemd nie aufgefallen.« Bevorzugte Lektüre: *ADAC Motorwelt* und Lebensratgeber wie *Wege zum Erfolg – Werden Sie zum Tier im Büro.*

JETSKISEXUELL: Menschen am monetären Gipfel der Gesellschaft, denen stereotype Rollenbilder scheißegal sind, weil sie sich denken: *Yeah! Ich hab einen verdammten Jetski, ihr Lutscher!*

*Diese Liste könnte ich ewig weiterführen. Hab aber keine Zeit. Muss mit meiner Axt zu Edeka. Bei Tchibo gibt's Pyjamahosen für 9,95 Euro.*

# MONOLOGE IN STEREO

## – I –

*An einem Kiosk in der Kölner Innenstadt:*

ICH: »Guten Morgen, einmal *Die Zeit*, bitte.«
VERKÄUFER: »Is jut. Noch wat?«
ICH: »Nein danke.«
VERKÄUFER: »Nimm noch 'ne Schachtel Kippen mit.«
ICH: »Woher wissen Sie, dass ich …?«
VERKÄUFER: »Du stinkst.«

## – II –

*Ein junges Paar auf der Rheinbrücke. Beide blicken auf die un-
zählbaren farbenfrohen Vorhängeschlösser an den Geländern.*

ER: »Wie schön.«
SIE: »Hm.«
ER: »Irgendwann sollten wir uns auch so ein Schloss besor-
gen. Ist doch schon längst überfällig.«

SIE: »Und dann den Schlüssel in den Fluss werfen? Als Symbol unserer unzertrennbaren Liebe?

ER: »Ja, genau.«

SIE: »Kotz.«

ER: »War ja nur so ein Gedanke.«

SIE: »Wir könnten uns auf ein Zahlenschloss einigen.«

– III –

*Meine Mutter ruft an. Wir unterhalten uns über ihren dringenden Wunsch, Oma zu werden, und über moderne Familienbilder.*

SIE: »Weißt du, es gibt Männer, die bleiben zu Hause und kümmern sich um die Kinder. Es gibt Männer, die machen weiterhin Karriere. Und es gibt dich. Du machst halt auch irgendwie dein Ding.«

– IV –

*Ich sitze wegen Nackenproblemen beim Orthopäden. Auf dem Tisch liegen mein Schlüsselbund und eine Schachtel Zigaretten.*

ARZT (SCHAUT AUF MEINE ZIGARETTEN): »Hier haben Sie ein Thera-Band. Immer, wenn Sie eine Zigarette rauchen wollen, machen Sie stattdessen ein paar Übungen.«

*Er macht ein paar Übungen vor.*

ARZT (SIEHT ERNEUT AUF DIE ZIGARETTEN): »Das heißt aber nicht, dass Sie danach nicht trotzdem eine Zigarette rauchen sollen.«

ICH: »Sehr gut.«

ARZT: »Solange man lebt, soll man rauchen. Gesund werden ist eine Sache. Glücklich werden müssen Sie von alleine.«

– V –

*Gespräche am Vormittag*

»Tach!«

»Tach auch.«

»Na, wie isset?«

»Muss. Und selbst?«

»Muss. Schlechten Menschen geht es immer gut.«

»Hm.«

»Und sonst so?«

»Maloche.«

»Schlimm?«

»Schwachmaten halt.«

»Kannst den Leuten nur vor'n Kopp gucken.«

»Hm.«

»Und Wetter?«

»Wetter is' auch.«

»Kannste eh nicht ändern.«

»Hm.«

»Kippchen?«

»Sach ich nicht nein.«

*Pause*

»Schatz, manchmal finde ich, wir reden zu wenig.«


– VI –

*Zwei Jugendliche (ca. dreizehn Jahre alt) in der Fußgängerzone*

ER: »Ich glaube, wir sollten das beenden.«
SIE: »Wir sind doch gerade mal zwei Wochen zusammen.«
ER: »Aber irgendwie …«
SIE: »Malte, du bist mein Leben.«
ER: »Meine Güte. Jetzt sei doch nicht gleich wieder pathe-
tisch.«

*Ich bin traurig und zutiefst beglückt. Schade ist es um die kur-
ze Liebe. Aber das Pathosbewusstsein moderner Jugendlicher
imponiert mir ungemein.*


– VII –

*Gespräche am Bett*

»Aufstehen!«
»Hm?«
»Aufstehen.«
»Können wir nicht noch eine Runde kuscheln?«
»Das geht leider nicht.«
»Och, bitte.«
»Ist mein Ernst.«

»Noch fünf Minuten«

»Das hab ich vor 'ner halben Stunde schon mal gehört.«

»Aber ich will doch nur meine Ruhe.«

»AUFSTEHEN!«

»Der Punkt ist: Ich habe gestern kaum geschlafen und bin verdammt müde.«

»Der Punkt ist: Das ist hier ein Möbelhaus, und wir schließen in zehn Minuten.«

*Der Mann öffnet die Augen und blickt in das Gesicht eines schnauzbärtigen und beleibten Möbelhändlers.*

»Oh! Das ist mir jetzt aber wirklich sehr peinlich.«

»Schon okay. Sie sind nicht der Erste. Wenn ich allerdings noch mal auf die Sache mit dem Kuscheln zu sprechen kommen darf ...«

## – VIII –

STEUERBERATER: »Hast du deine Ausgaben schon aufgelistet? Mir fehlen noch die Taxiquittungen.«

ICH: »Hab ich schon in eine Excel-Tabelle übertragen.«

STEUERBERATER: »Oh, das sieht gut aus.«

ICH: »Danke.«

STEUERBERATER: »Was ist das?«

ICH: »Das sind die Namen der Taxifahrer.«

STEUERBERATER: »Du hast dir die Namen der Taxifahrer aufgeschrieben?«

ICH: »Ja, klar.«

STEUERBERATER: »Du nimmst es aber genau. Die Stadt hätte gereicht.«

ICH: »Da stecken doch persönliche Geschichten hinter.«

STEUERBERATER: »Aber das hier ist eine Umsatzsteuererklärung.«

ICH: »Ach, du bist einfach schon zu abgestumpft.«

– IX –

*In der Fußgängerzone. Vor dem Kaufhaus sitzt ein Obdachloser. Ein gutgekleideter Geschäftsmann legt ihm einen Fünfeuroschein in den Krempenhut. Zwei Minuten später kommt der Mann zurück …*

MANN: »Das ist jetzt etwas peinlich, aber können Sie mir womöglich eine Spendenquittung ausstellen?«

OBDACHLOSER: »Na klar. Ich hol eben den Schlüssel für den Aktenschrank.«

MANN: »Schon verstanden. Bitte entschuldigen Sie die Umstände. Aber ich bin selbständig und hatte letztes Jahr eine recht hohe Steuernachzahlung. Nun muss ich ein wenig auf die Buchhaltung achten.«

OBDACHLOSER: »Schon okay. Wir Selbständigen sollten zusammenhalten.«

MANN: »Wollen Sie noch eine Flasche Wasser? War gerade einkaufen.« *Er reicht sie dem Obdachlosen.*

OBDACHLOSER: »Haben Sie denn einen Bewirtungsbeleg für mich?«

MANN: »Hehe. Der war gut. Kann ich nicht mit dienen.«

OBDACHLOSER: »Dann ist sie leider wertlos für mich.«

MANN: »Jetzt sind Sie aber kleinlich.«

OBDACHLOSER: »War ein Scherz. Geben Sie schon her. Vielen Dank.«

MANN: »Gerne doch.«

OBDACHLOSER (BETRACHTET SEIN ALTES KLAPP-HANDY): »Hab gerade eine SMS von meinem Abteilungsleiter bekommen. Leider kann ich Spendenquittungen erst ab einem Betrag von fünfzig Euro ausstellen.«

MANN: »Na gut, was soll's.« *Gibt ihm den Schein zurück.*

OBDACHLOSER (MACHT KRYPTISCHE NOTIZEN AUF DER RÜCKSEITE EINES BIERDECKELS): »Bitte schön. Ich denke, das sollte so in Ordnung gehen.«

MANN: »Sehen Sie. Hat doch alles geklappt.«

OBDACHLOSER: »Das nächste Mal können Sie auch gerne mit EC-Karte zahlen.«

MANN: »Sagen Sie bloß, Sie haben hier ein EC-Lesegerät?«

OBDACHLOSER: »Nee, aber für Sie würde ich mir tatsächlich eins besorgen.«

# DER FLÜGELSCHLAG DER NACKTKATZE
## ODER
## ZEHN SÄTZE, DIE ICH SO
## NOCH NIE GEHÖRT HABE

*»Glück ist, wenn du mit Menschen, mit denen du nichts
zu tun haben willst, auch tatsächlich nichts zu tun hast.«*
Christoph Simon

1. »Oh! Gestern habe ich eine Polit-Talkshow im Öffent-
lich-Rechtlichen gesehen und dort von einem nennens-
werten Experten eine sehr interessante These aufge-
schnappt. Wie schön, dass dieses brisante Thema re-
spektvoll und reflektiert diskutiert wurde.«

2. »Mensch, Günter, das ist aber eine sehr modische Out-
door-Jacke.«

3. »Gestern hast du auf Twitter wiederholt den aktuellen
*Tatort* kritisiert, und ich bin sehr beglückt, dass du jeden
Sonntag eine kesse These über den Plot und die Darstel-
ler des ARD-Krimis formulierst, da ich mich als Mit-
glied der Netzgemeinde sonst sehr schlecht informiert
gefühlt hätte und wohl kaum hätte schlafen können.
Danke, dass es dich gibt.«

4. »Gestern hast du gar kein Bild von deinem Low-Carb-Food auf Instagram gepostet, und nun mache ich mir ernsthaft Sorgen, ob du nun aufgequollen und verfettet bist? Bitte poste schnell ein Bild von einem zuckerfreien Blaubeermuffin oder einer pürierten Staudenselleriestange, damit ich weiß, dass es dir gutgeht.«

5. »Ach so, du hast dir diesen Selfie-Stab nur ironischerweise gekauft. Dann bist du ja gar kein grenzdebiler Vollpfosten, sondern in der Tat ein sehr reflektierter und würdevoller Mensch. Tut mir leid. Das wusste ich nicht.«

6. »Hast du gerade bei Starbucks wirklich einen falschen Namen auf den Becher schreiben lassen, um auf das verdutzte Gesicht der Verkäuferin zu warten, und anschließend ein Foto davon auf deiner Facebook-Seite gepostet? Ich hätte wirklich nicht gedacht, dass du so ein verrückter und abgedrehter Typ bist.«

7. »Wow, ein Fixie Bike! Da setzt du wirklich einen ganz neuen Standard in deinem gentrifizierten Szeneviertel.«

8. »Haha, genial. Du hast ja ein lustiges Blechschild über der Toilette hängen, das den Nutzer mit einem witzigen Comic daran erinnern soll, dass er doch bitte im Sitzen pinkeln möge. Das ist wirklich total verrückt, und ich hätte niemals gedacht, dass du so einen individuellen Humor hast.«

9. »Hm! Koriander. Wie unaufdringlich sich das subtile Aroma doch in die Gesamtkomposition des Essens einfügt. Lecker!«

10. »Das ist eine äußerst schöne Nacktkatze, die du dir da angeschafft hast. Jeglicher Vergleich mit Gollum würde von Unkenntnis und Ignoranz meinerseits zeugen. Bitte,

sag doch Bescheid, wenn du im Urlaub bist. Ich passe
wirklich gerne auf sie auf und würde nicht im Entfern-
testen daran denken, sie aus dem Fenster zu schmeißen.«

# TAGEBUCH EINES
## NICHTRAUCHERS

Ich bin alleine. Denke ich zumindest. Vielleicht sitzt die Freundin aber auch direkt neben mir auf der Couch. Wer einmal in der Wohnung eines Kettenrauchers war, der weiß – örtliche Nähe gewährleistet nicht zwingend Sichtkontakt. Oft erinnert mich mein Wohnzimmer an den Schornstein eines Gelsenkirchener Braunkohlekraftwerks. Ich gebe zu, spätestens bei den Besuchen der Patenkinder hätte ich mal auf den Balkon gehen können, aber ich finde, da müssen die durch. Auf mich nimmt ja hier auch keiner Rücksicht. Die Kleinen wissen sich aber zu helfen, haben aus der Not eine Tugend entwickelt und sich eine Handvoll lustiger Spiele ausgedacht. Der Klassiker: »Ich sehe was, was du nicht siehst. Du siehst aber bestimmt eh nix, denn ich sehe ja auch nix.«

Den letzten Tipp zur Rauchentwöhnung habe ich gar nicht erst beherzigt: E-Zigaretten. Ich möchte keinesfalls den Tabak romantisieren oder mich dem Fortschritt verweigern, aber wenn ich eines befremdlich finde, dann den Satz: »Ich kann gerade nicht rauchen, mein Akku ist leer.«
Aber es hilft ja nichts, ich möchte alt werden. Sehr alt. Und deswegen bin ich gewillt, endlich vom Rauchen loszukommen. Aber wie? Ich erinnere ich mich an den Ratschlag eines

Freundes, es mit Nikotinkaugummis zu probieren. Rückblickend kann ich sagen: Die Lunge blieb von Teer verschont, und ich kam nach einigen Tagen wieder in den Genuss von Sauerstoff. Nachteil: Ich wurde süchtig nach Nikotinkaugummis. Eine Sucht mit einer anderen Sucht zu bekämpfen kann keine Lösung sein. Wenn Sie als trockener Alkoholiker dauernd auf Kokain sind, ist damit ja auch keinem geholfen.

An den zweiten Versuch, das Rauchen aufzuhören, kann ich mich ebenfalls erinnern: Hypnosetherapie. Hat super funktioniert. Ich habe lange keinen Gedanken an Zigaretten verschwendet. Ich war gewillt, meine neu gewonnene Vitalität auf ewig zu erhalten. Ich fühlte mich frei und wie neu geboren. Dann hat der Typ allerdings mit dem Finger geschnippt, und ich bin aufgewacht. Seitdem habe ich zwar nicht mehr ans Rauchen gedacht, halte mich aber für einen Bagger. Brumm! Brumm!

Ja, ich weiß: Kein Bagger der Welt macht *Brumm! Brumm!*. So wenig wie Züge *Tuff! Tuff!* oder Tauben *Gurr! Gurr!* machen. Warum bringt man den Kindern nur diesen Blödsinn bei? So geht das nämlich los. Falsches Weltbild. Gurr! Gurr! Zack. Schulabbruch. Crystal Meth.

Aber zurück zum Thema. Nach all den gescheiterten Versuchen sollte es diesmal klappen.
Der anschließend aufgesuchte Therapeut sagte mir: »Reden Sie über Ihre Emotionen beim Nichtrauchen. Schreiben Sie. Führen Sie Tagebuch. Erzählen Sie von Ihren Gefühlen!«
Der Ratschlag schien mir einleuchtend, und ich hatte ja nichts zu verlieren.

Hier ein Auszug aus besagten Notizen:

TAG 1: *Ich bin wild entschlossen. Diese Kopfschmerzen haben mich umgebracht. Auszug aus einem Buch zum Thema* Rauchfreies Leben: *»Kein Platz für Nostalgie! Machen Sie das Nichtrauchen zu einer Einstellung. Sagen Sie nicht: Ich rauche nicht mehr. Sondern: Ich rauche nicht.«*
*Klingt radikal, denke ich, aber ich werde das bei meinem nächsten Trennungsversuch beherzigen. Statt: »Tut mir leid, ich kann das nicht mehr« werde ich sagen: »Es tut mir leid, aber ich liebe nicht. Ich habe nie geliebt. Du bist eine tolle Frau, aber ich bin ein Mensch aus kaltem Stahl.«*

TAG 2: *Ich brauche Hobbys. Ich rufe Freunde an und frage Nichtraucher, was sie den ganzen Tag machen. Frank sagt, er habe mit dem Gitarrespielen angefangen. Ich kaufe mir also Peter Burschs Gitarrenbuch. Erster Song: »Wonderwall«. Ich schmeiße das Buch wieder weg.*

TAG 3: *Ich versuche, vom Kaffee loszukommen und mich an Tee zu gewöhnen. Tee habe ich bislang aber immer mit Krankheiten in Verbindung gebracht. Daher kann ich mir nicht vorstellen, aufzuwachen und zu denken: Hm, Kamillentee! Aber gut, ich nehme mir vor, so viel Kaffee zu trinken, dass ich des schwarzen Goldes überdrüssig werde. Denke an den Vater eines Freundes, der den damals Vierzehnjährigen beim Saufen erwischt und ihn dann gezwungen hat, eine Flasche Doppelkorn leer zu trinken, um ihm die negativen Aspekte von Alko-*

*hol aufzuzeigen. Man kann das didaktisch hinterfragen, aber es hat funktioniert. Kaufe also zehn Packungen Kaffee, brühe sie auf und ziehe sie mir hinter die Binde. Tanze dreißig Minuten zu Scatman John und schlafe anschließend auf der Stelle ein.*

TAG 4: *Mein Geruchssinn kommt wieder. Ich bemerke, dass Dinge nach etwas riechen. Zum Beispiel Gewürze. Mir öffnen sich völlig neue Welten. Endlich kann ich sagen: »Lecker, Kardamom.« Ich fühle mich wie Jean-Baptiste Grenouille aus* Das Parfum *und bekomme Angst vor mir selbst. So fängt das nämlich an. Riechen. Zack. Psycho. Ich sehe mich schon vor meinem geistigen Auge, wie ich Frauen töte, um ihren Duft zu konservieren. Wäre Grenouille Raucher gewesen, ich schätze,* Das Parfum *wäre ein recht langweiliges Buch geworden.*

TAG 5: *Ich habe Hunger. Kaufe mir für dreihundert Euro Gummischlümpfe. Mein Leben hat endlich wieder einen Sinn.*

TAG 6: *Ich bin total entspannt. Heute Morgen habe ich einem Kind den Kopf abgebissen, aber ansonsten geht's.*

TAG 7: *Mein Kumpel Frank sagt, es sei wichtig, immer irgendwas in den Händen zu halten. Habe mir einen Flummi gekauft. Mein neuer Spitzname im Viertel: der Flummi-Mann. Die Menschen reden über mich, und ich höre Wörter und Satzfetzen wie »Inselbegabung«, »Autismus« und »Er ist etwas Besonderes«.*

**Tag 8:** *Ich habe mir eine Nichtraucher-App runtergeladen und bekomme nun stündlich Nachrichten im Stile von:* »Weiter so, kleiner Kämpfer!«, »Ja, fein gemacht«. *Oder:* »Auch für dich geht morgen die Sonne wieder auf.« *Ich lösche die App. Macht mich aggressiv, die Scheiße.*

**Tag 9:** *Ich bin froh, dass die Schnappatmung aufhört und ich wieder Luft bekomme. Melde mich spontan beim Iron Man an und fühle mich wie Joey Kelly. Schreibe einen Abschiedsbrief an meine Familie.*

**Tag 10:** *Ich hab's mir anders überlegt. Lerne lieber neue Tricks mit dem Flummi. Schon vier Kilo zugenommen. Sollte joggen gehen. Aber wie heißt es doch so schön:* »Wenn du joggen gehst, gewinnst du zwar mehr Lebenszeit, verbringst diese aber eben mit Joggen.« *Wahrlich eine große Lebensweisheit. Warum sollte ich einfach so im Kreis umherlaufen? In engen, atmungsaktiven Stretchhosen? Ohne Stolz. Ohne Selbstachtung. Aber egal, ich könnte es zumindest probieren.*

**Tag 11:** *Schon siebzig Euro gespart. Wohin nur mit meinem Reichtum? Der Gedanke, dass man Geld spart, indem man etwas nicht kauft, ist absolut genial. Dieser Logik zufolge habe ich heute bereits 200 000 Euro gespart, weil ich mir keinen Porsche gekauft habe. Ich fühle mich wie Bill Gates persönlich. Läuft bei mir. Siebzig Euro also. Gehe mit meinem gesparten Geld zum Kiosk und kaufe mir reflexartig vierzehn Schachteln Kippen.*

**TAG 12:** *Alle Zigaretten in einem aufgeraucht. Leichter Husten, drückender Schmerz in der Brust, Lungenpfeifen. Nie wieder Joggen! Bringt dich um, der Mist.*

# PENG! PENG!

## I

*Das Telefon klingelt.*

ICH: »Ja, bitte?«

SIE: »Wer spricht denn da?«

ICH: »Salmen.«

SIE: »Psalmen?«

ICH: »Meine Eltern waren sehr religiös.«

SIE: »Das tut mir leid. Dann hab ich mich verwählt.«

ICH: »Schon okay. Das kommt vor.«

SIE: »Aber Sie haben eine sehr schöne Stimme, wenn man das mal sagen darf.«

ICH: »Oh, vielen Dank. Sie aber auch.«

SIE: »Also, das würde mich ja schon mal reizen, wenn Sie wissen, was ich meine …«

ICH: »Die Bibel?«

SIE: »Na, so mit einem Fremden. Ein bisschen Telefonerotik. Ein wenig seltsam wäre es wahrscheinlich, aber …«

ICH: »Wir können es ja mal probieren.«

SIE. »Was haben Sie denn an?«

ICH: »Einen Bademantel.«

SIE: »Oh! Was für ein schöner Zufall.«

Ich: »Das ist kein Zufall. Den trage ich immer.«

Sie: »Sagen Sie mal was Erotisches.«

Ich: »Gurr. Gurr.«

Sie: »Was war das?«

Ich: »Ich habe gegurrt.«

Sie: »Wie eine Taube?«

Ich: »Korrekt. Sind Sie schon wuschig?«

Sie: »Es geht. Was törnt Sie denn so an?«

Ich: »Achtziger-Jahre-Pornos. Mit schlechten Dialogen am Anfang.«

Sie: »Dann sind wir auf einem guten Weg.«

Ich: »Und Sie?«

Sie: »Tauben jedenfalls nicht. Haben Sie Fantasien, die Sie mal ausleben wollen?«

Ich: »Wenn Sie wüssten …«

Sie: »Sie sind mir ja ein Lümmel.«

Ich: »Haben Sie mich gerade *Lümmel* genannt? Das wiederum finde *ich* jetzt nicht so erotisch.«

Sie: »Tut mir leid.«

Ich: »Ich fürchte, das mit uns beiden wird heute nichts.«

Sie: »Es liegt an mir. Können wir es später noch einmal probieren?«

Ich: »Na klar. Klingeln Sie einfach durch.«

Sie: »Bis später dann. Tschüsli Müsli.«

Ich: »Gurr! Gurr!«

II

*Das Telefon klingelt.*

Iᴄʜ: »Salmen?«

Sɪᴇ: »Ich bin's noch mal. Wollen wir es erneut probieren?«

Iᴄʜ: »Gerne doch.«

Sɪᴇ: »Tragen Sie immer noch Ihren Bademantel, oder sind Sie mittlerweile angezogen?«

Iᴄʜ: »Ich verstehe die Frage nicht.«

Sɪᴇ: »Ist ja auch egal. Ich resümiere also unser Telefonat von heute Mittag. Nur damit keine Missverständnisse aufkommen. Also, das mit dem Gurren war für mich nicht so das Wahre. Sie wiederum fanden das Wort *Lümmel* fragwürdig. Richtig?«

Iᴄʜ: »Schlimmer noch war *Tschüsli Müsli.*«

Sɪᴇ: »Och! Das sage ich doch so gerne. *Tschüssikovski. Tschö mit Ö. Tschüsli Müsli.* Finden Sie das nicht witzig?«

Iᴄʜ: »Geht. Vielmehr spüre ich das Verlangen, mich zu erschießen.«

Sɪᴇ: »Okäse.«

Iᴄʜ: »Haben Sie gerade *Okäse* statt *okay* gesagt?«

Sɪᴇ: »Kennen Sie nicht? *Okäse Majonnaise.* Das ist doch super witzig! Finden Sie nicht?«

*PENG!*

# WANN HÖREN WIR ENDLICH AUF, VON EINEM *WIR* ZU REDEN?

*Das Wohnzimmer einer Altbauwohnung, möbliert mit Kommoden, Tischen und Stühlen im Jugendstil, vereinzelten antiken Bilderrahmen und einem über dem Türrahmen hängenden Hirschgeweih. Es riecht nach würzigem Kaffee und frischem Gebäck.*

»Hey! Du bist voll der Hipster. Die alten Möbel, die Kleidung, die Vintage-Fotos. Alles verschwommen, die blassen Farben. Uh! Mein Leben ist so arty. Du und deine Retrofilter!«

»Das ist unser Familienalbum«, sagt Opa. »Und es ist von 1940.«

»Ist ein Punkt. Na ja, wärst du bei Instagram, hättest du wahrscheinlich viele Fans.«

»Was ist Instagram?« Opa sieht mich fragend an.

»Da kannst du Bilder hochladen.« Ich zücke mein Handy und öffne die App. »Hier schau mal …«

»Warum ist da ein Bild von einem Salat?«

»Weil den jemand fotografiert hat. Und weil er ein Statement setzen will.«

»Was für ein Statement?«

»Ich esse Salat.«

Opa ist verwirrt. »Jetzt mal im Ernst«, sagt er, »warum fotografieren Menschen ihr Essen?«

Während ich mit Opa rede, betrachte ich das Bild an der Wand. Ein Stillleben von einem prächtig gefüllten Obstkorb. Titel: *Früchte in einer Schale.* Opas Zweifel an Menschen, die ihr Essen fotografieren, fußen offensichtlich auf dünnem Eis. Früher hat man sein Essen halt nicht fotografiert, sondern gemalt. Besser macht es das nicht. Ich stelle mir das jedenfalls sehr anstrengend vor, wie so ein naturalistischer Maler Mitte des 19. Jahrhunderts jedes Mal beim Obsthändler mit seiner sperrigen Staffelei ankommt, im Gang rumsteht und der Kundschaft den Weg blockiert.

»Da, wo ich herkomme, gab es nur Kartoffeln«, sagt Opa. »Das wäre recht einseitig geworden, die ständig zu fotografieren.«
Immer wenn Opa über Kartoffeln spricht, wirkt er dabei wie der Shrimp-Fischer aus *Forrest Gump.* Kartoffeln gekocht, Kartoffeln gebraten, Kartoffeln mit Schale, Kartoffeln ohne Schale, Kartoffeln mit Salz, Kartoffeln ohne Salz. Ja, Opa ist die Agrarversion eines autistischen Fischers. Schöner Buchtitel im Übrigen. *Fischer ohne Fisch.* Klingt nach Bachmann-Preis.
»Weißt du, Opa«, sage ich, »vielleicht hat sich die Technik verändert, die Menschen allerdings nicht. Ihr hättet es früher doch nicht anders gemacht, hättet ihr Smartphones gehabt.«

Hätte ja auch vieles beeinflusst, denke ich mir im Stillen. Vielleicht wäre Hitler dann auf die Idee gekommen, einen Blick auf wetter.de zu werfen, bevor er in Russland einmarschiert ist.

Mein Blick fällt auf die Zeitung. Der Leitartikel heute heißt »Generation Smartphone«. Im journalistischen Kontext hasse ich dieses Wort, *Generation*. Eine Art Rassismus auf chronologischer Ebene und in zeitgenössischen Gesellschaftsdebatten seit einiger Zeit schwer in Mode. Man nehme das Wort *Generation*, ergänze es durch ein x-beliebiges anderes Wort, und schon hat man eine zeitgeistkritische Kolumne. Generation Praktikum, Generation Selfie, Generation Maybe. Wirklich sehr einfallsreich. Ich bin ein Individuum. Wann hören wir hier endlich auf, von einem *Wir* zu reden?

Stelle mir folgenden Leitartikel in der *Süddeutschen* von Anfang der Neunziger sehr schön vor: »Generation Faxgerät – Sie sprechen nicht mehr, meiden die frische Luft und gehen nicht mehr zur Schule. Ein Leben in Isolation und Hypnose. Junge Menschen verwahrlosen durch die moderne Technik. In deutschen Haushalten, irgendwo zwischen zentnerschweren Eiche-Massiv-Wohnwänden und Fliesentischen, da sitzen sie und faxen, was das Zeug hält. Eine Generation am Abgrund.«

»Jetzt noch mal zurück zu diesem Smartphone«, murmelte Opa. »Was kann das denn noch so?«

»Na ja, du kannst jederzeit ins Internet.«

»Brauch ich nicht«, sagt Opa bestimmt. »Wobei … Bundesliga läuft doch schon. Wie steht's denn da gerade? Mach doch mal dein Internet an. Seite 221.«

»Opa, was du meinst, ist der Videotext.«

»Niemand mag Klugscheißer«, grummelt er. »Ist doch dasselbe. Was kann denn dein Internet, was der Videotext nicht kann?«

Ich überlege. Ich überlege sehr, sehr lange.

Der Kaffee ist mittlerweile kalt, und draußen legt sich langsam der Schleier der Nacht über die Stadt.

Irgendwann kommt mir ein Geistesblitz. »Na ja, du kannst

dich informieren. Weltweit. Du musst dich nicht dem Mediendiktat aussetzen und kannst über Putins Innenpolitik recherchieren – und das zum Beispiel aus der Perspektive eines sibirischen Landarbeiters. Oder über Philosophie. Heidegger. *Sein und Zeit.* Südkoreanische Kulturgeschichte. Alles. Eine endlose Weite von Quellen und Informationen.«

»Dann zeig mir mal deinen Suchverlauf«, fordert Opa.

»Ist gerade schlecht.«


Das Schlimme an Opa ist, dass er eigentlich immer recht hat. Und wenn ich ehrlich zu mir selbst bin, habe ich in den letzten zehn Jahren außer den einschlägigen Fußballmagazinen in der Tat kaum andere Seiten im Internet aufgerufen. Außer YouTube. Aber das auch nur wegen der Schminktipp-Tutorials. Fazit: Der Videotext von Opas altem Röhrenfernseher hätte mir dieselben Dienste erwiesen.


»Weißt du, Junge«, sagt Opa. »Ich habe seit fünfzig Jahren die gleiche Couch. Ich benutze seit zehn Jahren den Videotext. Ich bin seit siebzig Jahren mit der gleichen Frau zusammen. Und weißt du was? Es geht mir gut. Ich bin glücklich. Schaut euch doch an. Ihr wollt euch nicht binden, weil ihr ständig glaubt, etwas zu verpassen. Weil ihr glaubt, dass es tausend Menschen auf der Welt gibt, die vielleicht noch liebenswerter und attraktiver sind als euer Partner. Aber soll ich dir was verraten? Deine Oma ist wie der Videotext. Solide, zuverlässig und immer für mich da.«

»Du hast ein sensibles Gespür für Metaphorik«, sage ich. Jetzt fängt Opa auch noch mit diesen Verallgemeinerungen an – *Generation Wankelmut.*

Folglich versuche ich, mir meine Großeltern als junge Menschen in der heutigen Zeit vorzustellen. Eine absurde Idee.

Was hätte Opa für Ansichten? Würde er das Konzept Ehe ablehnen? Bindungen im Allgemeinen? Würden ihm Entscheidungen leichtfallen? Was würde er sagen? »Entschuldigung, Irmgard, du passt als Partnerin nicht in mein Konzept von individueller Alltags- und Karrieregestaltung. Wir können gerne unverbindlichen Gelegenheitssex haben, mit anderen Partnern lustige Spieleabende veranstalten, zu denen wir Käsehäppchen reichen, aber wenn es mein spontanes Gemüt verlangt, würde ich gerne weiterhin frei aus dem Potpourri potenzieller Sexualpartner schöpfen und ganz ungezwungen den Swag zelebrieren, wertes Weib«?

»Überleg doch mal«, sagt Opa. »Die Welt wird immer unübersichtlicher, und bei der rasenden digitalen Entwicklung kommt man kaum noch mit. Ich kaufe grundsätzlich nur Dinge, die ich auch selbst reparieren kann. Dieses Teufelszeug kommt mir jedenfalls nicht ins Haus. Denk also nicht einmal daran, mir so etwas anzuschleppen.« Er wirkt entschlossen.
»Was wünscht du dir eigentlich dieses Jahr zu Weihnachten?«, frage ich.
»Wie immer – nichts. Ich habe alles. Und was ich nicht habe, brauche ich auch nicht.«
Eine bestechende Logik ist es, die mein Opa da mal wieder an den Tag legt. Was man nicht hat, braucht man nicht. Existenzialismus in Reinform. Sartre kann einpacken.
»Die Abwesenheit der Dinge hat keinerlei Einfluss auf das Bestehen meines Selbst«, murmelt Opa.
»Jetzt bist du erst recht ein Hipster«, sage ich. »Vintage-Möbel, Obstbilder und dann auch noch einen auf intellektuell machen.«
»Hipsterbashing ist ja so 2012«, bemerkt Opa.
»Recht hast du«, sage ich.

# Moderne Zeiten

## – I –

Hach, ich liebe meine Großeltern. Da wird man nach dem Besuch mit warmen, herzlichen Worten verabschiedet, macht die Haustür zu, sucht im Flur seinen Autoschlüssel und hört von innen aus der Wohnung ein erleichtertes: »So! Endlich wieder Ruhe.«

## – II –

*In der Bochumer U-Bahn. Neben mir sitzt ein älteres Ehepaar. Er blickt skeptisch auf eine Gruppe von Schülern, die allesamt mit ihren Smartphones beschäftigt sind, und wendet sich dann seiner Frau zu …*

Er: »Ist es nicht schlimm? Alle sind sie nur noch mit ihren Handys beschäftigt.«
Sie: »Hm.«
Er: »Früher hat man sich noch unterhalten.«
Sie: »Hm.«
Er: »Traurige Zeiten.
Sie: »Hm.«

ER: »Jetzt sag doch auch mal was.«

SIE: »Ich schwelge gerade in Erinnerungen …«

ER: »Und zwar?«

SIE: »An alte Zeiten. Als wir in der U-Bahn noch Scrabble gespielt haben. Wir haben Lieder gesungen, getanzt, ausführliche Diskussionen über gesellschaftspolitische Entwicklungen geführt, gelacht, geschunkelt und das Leben genossen. Da war die Welt noch in Ordnung.«

ER: »Kann ich mich gar nicht dran erinnern.«

SIE: »Siehst du! Und jetzt würde ich gerne weiter Candy Crush spielen.«


– III –


*Die neue Langsamkeit*


VATER: »Hast du meine letzte E-Mail erhalten?«

ANTWORT: »Ja, ich habe deine E-Mail erhalten. Und ich habe auch die SMS erhalten, in der du mir schriebst, dass du mir soeben eine E-Mail geschickt hast, und auch die WhatsApp-Nachricht, die mich an die SMS zur passenden E-Mail erinnerte, und ich habe diesen Anflug aufkommender Hektik zum Anlass genommen, dir unmittelbar eine Brieftaube zu schicken. Bedenke, das Tier ist ziemlich adipös, hatte vor kurzem einen Schlaganfall und kippt beim Fliegen leicht nach rechts, aber es sollte in ca. dreiundzwanzig Tagen bei dir ankommen.«

VATER: »Eilt ja nicht.«

*Der E-Book-Reader*

MUTTER: »Ich habe mir jetzt einen E-Book-Reader gekauft.«

ICH: »Herzlichen Glückwunsch.«

MUTTER: »Endlich muss ich nicht mehr die ganzen Bücher mit mir rumschleppen …«

ICH: »Wo du sie doch sonst stapelweise mit der Sackkarre durch die S-Bahn geschoben hast.«

MUTTER: »Nee, ich meine im Urlaub.«

ICH: »Wo du sie doch sonst stapelweise …«

MUTTER: »Nee, aber zwei hatte ich schon häufig mit. Und dann kauft man mal spontan noch eins vor Ort. In der Summe läppert sich das. Jahrelang bin ich mit dem ganzen Zeug wie ein Packesel durch die Gegend geeiert.«

ICH: »Eine logistische Meisterleistung, Frau Mutter. Erinnert mich ein wenig an Hannibals Alpenüberquerung. Diese Elefanten – was die alles schleppen mussten. Hätten die mal E-Book-Reader gehabt.«

MUTTER: »Nenn mich bitte nic wieder *Frau Mutter*. Damals gab es doch noch gar keine Bücher. Die Punischen Kriege waren …«

ICH (UNTERBRECHE): »Dann eben E-Food. Digitales Essen. Das wäre doch was. Gibt doch jetzt auch schon 3-D-Drucker. Müsstest du endlich nicht mehr zentnerweise Tupperdosen mit zur Arbeit schleppen.«

MUTTER: »Du steigerst dich da in etwas rein. Jedenfalls wollte ich dir bloß von meinem neuen E-Book-Reader erzählen.«

ICH: »Tut mir leid. Aber du weißt, dass ich davon nichts halte. Schon aus rein moralischen Gründen.«

MUTTER: »Deine aufgesetzte Gesellschafts- und Fortschritts-
kritik kannst du dir schenken. Um hier einmal den berühmten griechischen Dichter Bernd Stromberg zu zitie-
ren: ›Wer nicht mit der Zeit geht, muss mit der Zeit – gehen.‹«

ICH: »Warum hältst du mich für fortschrittsfeindlich?«

MUTTER: »Na ja, damals, als sie im Saturn die Selbstkassierer-
Automaten aufgestellt haben, bist du durch den ganzen La-
den gerannt und hast geschrieben: ›TOD DEN ROBO-
TERN! TOD DEN ROBOTERN!‹«

ICH: »Wirklich?«

MUTTER: »Und als ich mal einen Trekkingrucksack im Internet bestellen wollte, hast du eine wütende Brandrede über
die Zukunft des stationären Einzelhandels gehalten. Dann
hatte ich so ein schlechtes Gewissen, dass ich den Rucksack
doch beim Händler um die Ecke geholt habe. Er hatte ihn
natürlich nicht, sein Großhändler auch nicht …«

ICH: »Und?«

MUTTER: »Dann hat er ihn für mich bei Amazon bestellt.«

ICH: »Du wolltest doch selbst mal Verkäuferin werden.«

MUTTER: »Ja, Buchhändlerin.«

ICH: »Siehst du. Hast doch immer von deinem eigenen kleinen Laden geträumt.«

MUTTER: »Ich wollte auch mal Kammerzofe werden. Hatte
aber keine Zukunft. Hab ich dann eingesehen.«

ICH: »Jetzt steigerst du dich aber rein. Der Buchhandel ist
wichtig. Da wird man wenigstens noch gut beraten.«

MUTTER: »Ja, wenn man Katzenkalender mag.«

ICH: »Du hast doch selbst einen Katzenkalender.«

MUTTER: »Den hast *du* mir geschenkt!«

ICH: »Ich hab ihn dir nur weitergeschenkt. Was ist eigentlich
aus dem Bilderrahmen geworden?«

MUTTER: »Geht die Diskussion jetzt schon wieder los? Lass mich bloß mit dieser abscheulichen Fotocollage in Ruhe …«

ICH: »Wusstest du, dass es in Holland Friedhöfe mit digitalen Grabsteinen gibt? Da laufen dann permanent Videoclips mit Bildern des Verstorbenen. Werden mit Solarenergie betrieben. Gehen nie aus, die Dinger. Hast du dir so die Zukunft vorgestellt?«

MUTTER: »Das klingt wirklich abscheulich.«

ICH: »Siehst du! Die Übergänge sind fließend. Ich kann dir ja später auch einen Videoclip basteln. Die schönsten Momente mit deinem neuen E-Book-Reader. Ihr zwei in der S-Bahn. Am Strand. Auf dem Balkon. Arm in Arm im Sonnenaufgang. Schön mit Eros Ramazzotti im Hintergrund …«

MUTTER: »Jetzt übertreibst du aber.«

ICH: »Was ist das eigentlich für eine DVD auf dem Tisch?«

MUTTER: »*Hachiko*. Der ist klasse. Mit Richard Gere.«

ICH: »Der mit dem süßen Hund? Klasse. Kann ich mir den mal ausleihen?«

MUTTER: »Passt die DVD denn in deinen VHS-Rekorder? Und seit wann hast du in deinem Baumhaus überhaupt Strom?«

ICH: »Jetzt wirst du mir zu zynisch.«

MUTTER: »Das ist doch nicht zynisch.«

ICH: »Irgendwann gibt es wirklich Flatrates für Bücher. Dann zahlt man einen geringen monatlichen Betrag und kann so viele Bücher lesen, wie man mag. Das wäre doch der endgültige Tod des Autors.«

MUTTER: »Du meinst Bibliotheken? Hab ich auch schon von gehört. Schlimme Sache.«

ICH: »Ach, verdammt. Mit dir machen solche Diskussionen keinen Spaß.«

MUTTER: »Mit Müttern sollte man auch nicht streiten. Nimm es dir nicht so zu Herzen.«

ICH: »Passt schon.«

MUTTER (LEGT EINEN CENT AUF DEN TISCH): »Hier, für dich. Wollte heute Abend mal in dein neues Hörbuch reinhören. Hab jetzt Spotify. Den Betrag hab ich mal großzügig aufgerundet.

ICH: »Sehr witzig.«

MUTTER: »Falsch. DAS ist jetzt zynisch.«

# Das Flüstern der Chrysanthemen

*»Ich verabscheue euch wegen*
*eurer Kleinkunst zutiefst.«*
Tocotronic

Lieber Leser, nun folgen einige Dialoge und Anekdoten aus dem wilden und aufregenden Tourleben eines Vorlesers. Die Geschichten sind exakt so passiert und wurden kaum verändert. Eine einzige Geschichte hat sich allerdings hineingeschmuggelt, in der die Fantasie ein wenig mit mir durchgegangen ist. Einen Hinweis darauf, welche es ist, finden Sie auf Seite 215 im Buch. Lassen Sie sich ein auf eine Runde *X Factor* ...

– I –

*Soundcheck vor einer Lesung in Oberhausen.*

TECHNIKER: »Herr Salmen, wenn Sie hier gleich auf der Bühne sitzen, dürfen Sie mit dem Stuhl auf keinen Fall nach hinten rutschen.«
ICH: »Darf ich fragen, warum?«

TECHNIKER: »Das ist eine Theaterbühne. Hinter Ihnen ist eine Falltür!«

ICH: »Warum ist da eine Falltür?«

TECHNIKER: »Da sitzt normalerweise ein Florist drin.«

ICH: »Sie meinen, ein Souffleur.«

TECHNIKER: »Seien Sie mal nicht so ein Klugscheißer.«

*Seitdem bekomme ich dieses Bild nicht mehr aus meinem Kopf, wie während eines klassischen Theaterstücks ein wild gewordener Blumenhändler aus dem Nichts auftaucht und Chrysanthemen im Publikum verteilt. Eine sonderbare Vorstellung.*

– II –

*~~Tod~~ Lob eines Kritikers*

Ein etwa zehnjähriger Junge mit Brille kommt nach der Lesung zum Büchertisch: »Nicht schlecht! Nicht schlecht! Wenn Sie so weitermachen, werden Sie bestimmt mal ein guter Autor.«

– III –

*Realität und Anspruch*

»Herr Salmen, wir würden Sie gerne vor der Lesung standesgemäß zum Essen einladen«, hieß es in der Mail des Veranstalters. Tja, nun sitz ich hier, im King Kebap, und bin der einzige Trottel im Anzug.

> *»Wenn man Pomm-Döner sehr langsam isst,*
> *glaubt man, Austern zu verspeisen.«*

Altes chinesisches Sprichwort

## – IV –

*Belanglosigkeiten*

Schönes Feedback in Form einer E-Mail von Petra K.: »Eigentlich lese ich so belanglose Sachen nicht gerne, aber Ihr Buch gefällt mir.«

*Vielen Dank, junge Frau. Tolles Kompliment. Klingt wie: »Eigentlich mag ich nur intelligente Menschen, aber bei Ihnen drücke ich mal ein Auge zu.«*

## – V –

*Eine ältere Dame steht nach der Lesung am Büchertisch.*

Sie: »Können Sie bitte *Für Wutbold* reinschreiben?«
Ich: »Hehe.«
Sie: »Ja, ich weiß. Komischer Name. Ist für meine Katze.«
Ich: »Ihre Katze liest?«
Sie: »Na ja, so anspruchsvoll sind Ihre Texte auch wieder nicht.«
Ich: »Und um mir diesen Spruch zu drücken, zahlen Sie ernsthaft zehn Euro für ein Buch!?«
Sie: »Von Bezahlen war nie die Rede.«
Ich: »Aber ich habe doch schon die Widmung reingeschrieben.«
Sie: »Sie werden schon irgendwann einen Wutbold finden.«

*Die Dame geht, ich bleibe staunend zurück. Falls sich also auf diesem Wege ein Leser findet, der gern eine Wutbold-Widmung hätte, einfach melden.*

## – VI –

*Vor ungefähr zwei Jahren wurde ich mal als Kandidat für eine TV-Quizshow angefragt. Eine Woche später rief mich die zuständige Agentur erneut an.*

FRAU: »Herr Salmen, wir müssen die Anfrage leider wieder zurückziehen.«

ICH: »Darf man fragen, warum?«

FRAU: »Leider sind Sie in Ihrer Rolle als Autor und Bühnenkünstler für das Format zu prominent.«

*Kurze Pause*

ICH: »Dann könnte ich doch bei der Promi-Version mitmachen.«

FRAU: »Hm …«

ICH: »Ja?«

FRAU: »Na ja, so prominent sind Sie dann auch wieder nicht.«

## – VII –

*Zwischenruf während einer Lesung*

FRAU: »Können Sie bitte gleich noch *Eiffelturm* vorlesen?«
ICH: »Ich habe aber keine Geschichte namens *Eiffelturm.*«
SIE: »Sie wissen doch, was ich meine!«
ICH: »*Euphorie! Euphorie!?*«
SIE: »Worum geht's denn da?«
ICH: »Um den Eiffelturm.«
SIE: »Und warum nennen Sie den Text dann nicht so?«
ICH: »Hm … Künstlerische Freiheit?«
SIE: »Ach, das ist doch bescheuert.«


## – VIII –

*Lesung in Essen. Ich verabschiede mich höflich und bedanke
mich für den schönen Abend. Plötzlich steht ein Mann auf …*

ER: »Watt is mit Zugabe, du Lutscher?!«

*Ach, Ruhrgebiet!*


## – IX –

*Zugfahrt nach Kaiserslautern. Ich schreibe an einigen Kurz-
geschichten. Neben mir sitzt ein älterer Herr und starrt un-
verhohlen auf meinen Bildschirm.*

ER: »Und mit so etwas verdienen Sie Ihr Geld?«

Ich: »Äh … Ja!?«

Er: »Das macht mich gerade unfassbar traurig.«


– X –


*In der Fußgängerzone. Vor mir steht ein etwa sechzehnjähriger Jugendlicher und drückt mir einen Flyer in die Hand …*

Er: »Hey! Sie sehen so aus, als hätten Sie länger kein Fitnessstudio besucht.«

Ich: »Und du siehst aus, als hättest du länger keine Schule mehr besucht.«

Er: »Eins zu null für Sie. Möchten Sie trotzdem mal zum Probetraining kommen?«

Ich: »Im Prinzip gerne. Bin aber immer recht viel unterwegs …«

Er: »Was machen Sie denn beruflich?«

Ich: »Autor.«

Er: »Na ja, dann werden Sie über kurz oder lang ohnehin bald hier stehen und mit mir Flyer verteilen. Also seien Sie lieber nett zu mir.«

Ich: »Schätze, nun steht es eins zu eins.«

Er: »Nein, zwei zu eins für mich.«

Ich: »Warum?«

Er: »Ich hab mehr Bizeps.«

# Die Unzurückspulbarkeit
## des Lebens

Vor einigen Tagen ging ich in Dortmund spazieren, um mir das neue Wohnareal rund um den sogenannten Phoenix-See anzuschauen, als sich mir ein seltsamer Anblick offenbarte. Aber lassen Sie mich kurz ausholen:

Das Stadtbauprojekt Phoenix-See ist eine künstlich angelegte Wohn- und Naturlandschaft mitten im Herzen des ästhetisch leicht hinterherhinkenden Stadtteils Dortmund-Hörde – eine simulierte Oase inmitten einer Betonwüste. Rings um den See führt eine Promenade herum, von der aus man die neu gebauten luxuriösen Wohnhäuser betrachten kann. Moderne Architektur: keine Rundungen, großflächige Fronten, Solaranlagen, unbehandelter Stahl. Das Besondere daran: Fast alle Häuser haben durchgängige Glasfronten, als wären sie transparente Setzkästen. Dadurch kann man als sozialschwacher Phoenix-See-Tourist, der am heiligen Sonntag mit den kleinen Wonneproppen und dem übergewichtigen Berner Sennenhund ins Grüne will, den dort wohnhaften Wohlstandsbürgern den ganzen Tag beim Monopoly spielen zuschauen. Herrlich.
Eines dieser Häuser – und verstehen Sie mich nicht falsch, ich liebe moderne Architektur, schließlich kann es nicht überall

Jugendstilhäuser mit Dielenböden und Stuckdecken geben – hatte ein ganz besonderes Merkmal: Über der Glasfront schwebte eine Art Metallplatte mit einem eingravierten Zitat. Es lautete: »Man kann das Leben nicht zurückspulen«, und stammt von einer gewissen Jodi Picoult.

Abgesehen davon, dass ich es ohnehin nicht nachvollziehen kann, warum man derart allgemeingültige Sätze zu Aphorismen sublimiert und sie in eine imaginäre Steinmauer der Weisheit meißelt – warum muss ich so was dann auch noch auf einer Häuserfront lesen? Als wäre es nicht schon Zumutung genug, tagtäglich mit Carpe-diem-Tattoos auf Unterarmen von minderjährigen Primark-Kunden konfrontiert zu werden, hat dieses Zitat ja schon fast etwas Vorführendes. Als würde Sielmann persönlich sagen: »Das ist Ulf, ehemaliger Wurstbudenbesitzer aus Castrop-Rauxel, arbeitslos, geschieden und alleinerziehend. Er lebt in einer kleinen Dachgeschosswohnung in Mitte, und die ganze Woche über freut er sich auf einen Spaziergang mit seiner Tochter am Phoenix-See.« Kameraschwenk. »Das wiederum ist Wolfgang, Abitur mit siebzehn, Abschluss in Harvard, Karriere als Topmanager, und jetzt muss er in einem Haus aus Glas wohnen und sich jeden Tag von Inlineskatern beim Kacken zuschauen lassen. Und so traurig das ist … Man kann das Leben nicht zurückspulen.«

Nun denn. Muss ja jeder selbst wissen. Bevor es hier tatsächlich noch spannend wird, verabschiede ich mich an dieser Stelle lieber mit der Entstehungsgeschichte eines anderen Zitats der weisen Dichterin Jodi Picoult, die da einst in recht kargen Verhältnissen in einer Tonne lebte. Diese vorsokratische Denkerin jedenfalls … Nun, lassen Sie mich ein wenig ausholen:

Eines Morgens klopfte ein kleines Männlein, das gerade die Kassette erfunden hatte, und sich nicht traute, diese herausragende technische Innovation der breiten Masse vorzustellen, an die Tonne von Jodi Picoult. Als diese langsam und recht verschlafen dreinblickend aus der Öffnung hervorlugte, zeigte das kleine Männlein mit der rechten Hand auf die Kassette und sagte wortwörtlich: »Du, Jodi Picoult, was ich dich als vorsokratische Vordenkerin vorfragen, äh … schon immer mal fragen wollte, ist Folgendes: Wenn diese Kassette, deren Spulen doch unvermeidlich an das menschliche Auge erinnern, und deren Magnetbänder man durchaus auch mit einer Art Venen- oder Adergeflecht gleichsetzen könnte, wenn diese Kassette also stellvertretend für den Menschen, oder, nein, sagen wir vielmehr für das Leben an sich, stehen könnte, man könnte ja den Vergleich wagen, dass ein Tonträger allegorisch gesehen an einen DNA-Strang erinnert, nun wenn man diesen Vergleich also bemühen würde, meinst du, Jodi Picoult, man könnte das Leben zurückspulen?«
Jodi Picoult antwortete Folgendes: »Nein.«

So entstand das Zitat: »Man kann das Leben nicht zurückspulen.« Wie das Zitat »Es ist jetzt gleich halb 12« entstanden ist, erkläre ich Ihnen ein anderes Mal.

Ach, egal. Ich möchte es nicht so spannend machen:
Eines Vormittags gegen 11:25 Uhr fragte ein willkürlicher Passant nach der Uhrzeit und Sokrates höchstpersönlich erwiderte: »Es ist jetzt gleich halb 12.«

# WO IST DIE NASE?

Wenn Sie als Autor nicht gerade einen Roman im Stile eines Zauberer-Epos oder irgendwelche Fantasy-huhu-ich-bin-Wutbold-der-Waldelf-Bücher schreiben, sollten Sie schleunigst zusehen, dass Sie irgendwie zusätzlich an Kohle rankommen. Vom Schreiben alleine lässt es sich in modernen Zeiten nämlich nicht leben. Also, was tun? Eine Nebenbeschäftigung muss her.

Seit neustem werde ich hin und wieder von Kindergärten und Grundschulen als Vorleseonkel gebucht. Ich mag Kinder, finde ihr Wesen sehr faszinierend, muss aber selbst keine haben. Im Prinzip wie Gallensteine. Der Vergleich hinkt, ich weiß.

Da ich mittwochs auch noch den Lesezirkel im Seniorenheim leite und durch die viele Arbeit oft übermüdet bin, kann es vorkommen, dass ich die Dinge ein wenig durcheinanderbringe. So staunte der fünfjährige Jonas, der ohnehin zu überhöhter Sensibilität neigt, nicht schlecht, als ich ihm neulich mit meiner Märchenerzählerstimme Feldpostbriefe aus dem Zweiten Weltkrieg vorlas:

*In der Luft liegt der Duft von kaltem Fleisch und Ruß. Wir lagen im Schützengraben, blutverschmiert. Kugelhagel,*

*Granatensplitter. Diese gottverdammten Russen, mich krie-*
*gen sie nicht. Und wenn ich die Bastarde mit eigenen Hän-*
*den massakrieren muss. Liebe Frau, glaub mir, ich komme*
*zurück. Gott segne Dich. In vaterländischer Verbundenheit,*
*Dein Josef.*

Meiner Erinnerung zufolge lief das anschließende Gespräch
ungefähr so ab:

»Herr Salmen, was ist ein Bastard?«
»Ups. Machen wir weiter. Eigentlich wollte ich euch aus *Die*
*kleine Raupe Nimmersatt* vorlesen.«
»Ist die Raupe Nimmersatt auch ein Bastard?«
»Nein, die Raupe Nimmersatt ist kein Bastard. Die Raupe
Nimmersatt ist die Raupe Nimmersatt.«
Ich begann, die Geschichte der Raupe vorzulesen: »Die Rau-
pe Nimmersatt knabberte sich durch ...«
»Das mit dem blutverschmierten Russen war spannender.«

Da ich Kindern keinen Wunsch abschlagen kann, dauerte es
nicht lange, bis sich die Kindergartenkrabbelgruppe in Kut-
schesocken und *Bob der Baumeister*-Pullovern um mich herum in ihre knallbunten Tagesdecken einmummelte und ich
fortfuhr, alte Feldpost meines Lieblingsseniorenheimbewoh-
ners Willi vorzulesen. Warum auch nicht? Kann man machen.
Kinder können mit so was besser umgehen, als man denkt.

Beim Lesezirkel im Altersheim bin ich folglich auch ein wenig durcheinandergekommen. Der dreiundneunzigjährige
Willi war jedenfalls leicht irritiert, als ich zwei Stunden lang
mit ihm das Guck-guck-Spiel spielen wollte. Das Guck-guck-
Spiel unterliegt keinem strengen Regelwerk. Man muss nur

beide Hände vors Gesicht halten und ab und zu guck, guck sagen. Herrlich.

Als ich klein war, konnte man mich stundenlang damit begeistern. Willi hingegen schaute mich mit kritischem Blick an, als ob er mich für bescheuert halte. Verständlich. Nun, wer drei Jahre gegen die Russen gekämpft hat, den kann man mit so was eben nicht beeindrucken. Ich hielt Willis Blick aber wacker stand und spielte weiter. Ein Lacher entfuhr mir, als ich mir vorstellte, wie die deutschen Soldaten im Schützengraben liegen und zur allgemeinen Erheiterung »Das ist der Daumen, der schüttelt die Pflaumen« aufsagen. Oder noch besser: »Der Russe kommt. Willi, ich hab die Nase. Na, wo ist die Nase?« Und dann laufen alle Russen hektisch weg, weil sie denken, man hätte ihnen die Nasen geklaut.

Als Willi mich fragte, warum ich denn so lachen würde, erzählte ich ihm von meiner bildlichen Vorstellung, und er erwiderte: »Verdammt, woher wissen Sie das? So ist es gewesen.«

Lieber Herr Knopp, falls Sie das lesen, die Militärgeschichte muss neu aufgearbeitet werden. Schießpulver, Luftgeschosse – alles veraltete Märchen. Der Nasendieb hat den Krieg gewonnen.

Kinder sind wirklich etwas Wunderbares – bis sie etwa sechs sind und eingeschult werden, denn danach werden sie zu Menschen. Ich hasse Menschen. Mit Menschen kann ich nichts anfangen. Nur mit Kindern und Senioren. Ich finde, man sollte alle humanen Geschöpfe zwischen sechs und fünfundsechzig einfrieren und in riesige Tiefkühllager stecken. Aber das ist ein anderes Thema.

Vor einiger Zeit kam eine Erzieherin nach einer Kindergartenlesung zu mir und sagte: »Junger Mann, Ihre Geschichten haben mir jetzt nicht so gut gefallen, aber ich mag Ihre Stimme. Mein lieber Herr Gesangsverein.«

Na, klasse, dachte ich mir, was für ein Kompliment. *Salmen, du bist hässlich und stinkst, aber deine Schuhe sind schön.* So klingt das.

Die Lobpreisung meiner stimmlichen Kompetenzen inspirierte mich jedoch dazu, für einige Jahre als Kaufhausfahrstuhlsprecher zu arbeiten. War eine wunderschöne Zeit. Wirklich. Meine besten Stücke waren *5* und *Erdgeschoss*. Die *5* war schon grandios, aber *Erdgeschoss* war der Knaller. Das war wie »Let it Be« von den Beatles. Mein Steckenpferd. Ging runter wie Öl. Die Leute haben mich geliebt für *Erdgeschoss*. Millionen kreischender Teenager standen Schlange vor der Karstadt-Filiale in Wuppertal-Elberfeld und konnten es kaum abwarten, bis ich die Nummer raushaute.

Irgendwann lernte ich allerdings die Schattenseiten des Rock-'n'-Roller-Daseins kennen – Koks, Nutten und Alkohol. Das Ende meiner Karriere fristete ich dann als Supermarktsprecher. Ich saß in einer kleinen Kabine, aber mein Job war nicht minder knorke. »Gesichtswurst bei Metzger Langer 3,50 Mark das Kilo. Und die andere Gesichtswurst ... bitte ganz schnell zum Leergutautomaten. Da steckt wieder so ein fettes Kind im Kastenband fest.« Ich denke, das war der eigentliche Glanzpunkt meiner Karriere, die mich letztlich doch sehr erfüllt hat.

Na ja, jetzt arbeite ich wieder bei Opa Willi in der Seniorenresidenz Waldfrieden und montags in der Regenbogen-Kita. Ich sag mal so, man hat sich an mich gewöhnt. Die kleinen Racker freuen sich wie Bolle über die Feldpostlesungen, und ab und zu spiele ich mit Willi Springseilchen oder das Guck-guck-Spiel und rezitiere aus Leo Lausemaus. Zuweilen pirscht Willi sich von hinten an, klopft mir auf die Schulter und sagt: »Ich hab die Nase.«

# WHISKY & WÜRDE

*Ich sitze an der Hotel-Whiskybar. Der Herr neben mir schwenkt einen teuren Whisky im Glas, während ich gedankenverloren an meinem Malzbier nippe. Ich schäme mich ein wenig für meine unprätentiöse Getränkeauswahl, habe aber weder Ahnung von Whisky, noch mag ich den Geschmack von Alkohol. Plötzlich wendet sich der Herr an der Bar zu mir ...*

MANN: »Sie trinken Malzbier?«

ICH: »Mir ist nicht so nach Whisky.«

MANN: »Aber die haben gute Tropfen hier. Kann ich sehr empfehlen.«

ICH: »Ich weiß.«

MANN: »Haben Sie denn einen Favoriten?«

*Ich möchte souverän wirken und mich als Kenner präsentieren.*

ICH: »Scotch.«

MANN: »Ja, welcher?«

*Ich denke nach. Sehr lange. Ich habe nicht die geringste Ahnung von Scotch. Beim Gedanken an Schottland sehe ich plötzlich Mel Gibson vor meinem inneren Auge.*

ICH: »Braveheartorough.«

MANN: »Braveheartorough?«

ICH: »Guter Tropfen.«

MANN: »Kenne ich gar nicht. Sie scheinen wahrlich ein Kenner zu sein.«

*Ich freue mich stundenlang über die vermeintliche Entblößung. Zu Hause stelle ich fest, dass es tatsächlich einen Whisky namens Braveheart gibt. Sachen gibt's.*

# DIE PRINZESSIN VON DRESDEN

TAXIFAHRER: »Wir sind jetzt direkt im historischen Stadt-
kern. Zu Ihrer Linken sehen Sie den Theaterplatz. Und das
klobige Ding da, das ist die Semperoper. Benannt nach ihrem Architekten Gottfried Semper. Schönes Teil, wie ich
finde. Direkt daneben können Sie auch schon das König-
Johann-Denkmal sehen. Davon kann man halten, was man
will. Statuen sind ja nicht so meins.«

*Drei Minuten später ...*

TAXIFAHRER: »So, jetzt sind wir ein Stückchen an der Elbe
entlanggefahren. Was Sie hier sehen, ist die Frauenkirche.
Der Name geht auf die heilige Maria zurück. Gebaut so
Anfang des achtzehnten Jahrhunderts, wenn ich mich nicht
irre. Siebzehn-schieß-mich-tot. Haben sie im Krieg aber
alles zerbombt. Vollkommen zusammengesackt, das Ding.
Irgendwann nach der Wende haben sie das Teil dann wieder aufgebaut. Schön ist anders. Meine Meinung.«
ICH: »Ich muss sagen, das ist wirklich sehr informativ. Guter Service, den Sie hier anbieten. Hat man auch nicht so
oft.«
TAXIFAHRER: »Ach wissen Sie, ich sag immer: Wenn man hier
schon zusammenhockt, dann kann man sich ja wenigstens

ein bisschen austauschen. Was jetzt nicht heißt, dass ich Ihnen ein Kotelett an die Backe quatschen will, aber ich dachte mir, Sie kommen ja nicht von hier ...«

Ich: »Das ist richtig. Vielen Dank.«

*Fünf Minuten später. Der Taxifahrer zeigt auf einen Pulk von Menschen, die an einer Ampel stehen.*

Taxifahrer: »Das soll jetzt nicht ins Private ausarten, aber die Dicke da ist die Ute. Meine Ex-Frau. Na gut, dick ist jetzt gemein, sagen wir aufgequollen, dem ein oder anderen Snack nicht abgeneigt. Eine Prinzessin gefangen im Körper einer Umzugshelferin. Jedenfalls hat sie mich hängenlassen. Und sie selbst? Na ja, ziemlich abgestürzt. Also sozial. Wohnt jetzt drüben in der Platte.«

Ich: »Das tut mir leid.«

Er: »Wie gesagt, das soll echt nicht zu intim werden zwischen uns. Nicht, dass Sie denken, ich würde Ihnen mein Herz ausschütten. Aber wenn Sie Fragen haben?«

Ich: »Schon okay.«

Er: »Jedenfalls hat sie die Kinder mitgenommen. Markus und Quentin. Gute Jungs. Emotional völlig abgestumpft. Die Ute meint, sie seien hoch begabt. Aber machen wir uns nichts vor, die sind dumm wie Zwieback. Familie kannst du dir nicht aussuchen, sag ich immer ...«

Ich: »Schätze, Sie haben recht.«

*Pause*

Ich: »Ich denke auch seit längerem darüber nach, eine Familie zu gründen. Kinder sind ja schon was Schönes. Wenn ich mir das so vorstelle, dann erscheinen mir all die anderen

Dinge völlig unbedeutend. In der Regel ist man ja viel zu oft mit sich selbst beschäftigt. Wissen Sie, das Glück ...«

ER: »Wissen Sie, es ist wie folgt: Wenn ich 'nen Kunden durch die Gegend fahre, fahre ich einen Kunden durch die Gegend. Wenn ich schlaue Kalendersprüche hören will, dann lese ich schlaue Kalendersprüche. Wenn ich das mal als Konklusion so stehen lassen darf.«

ICH: »Was soll das denn heißen?«

ER: »Dass Sie mir zu viel quatschen. Sie wissen doch: das Kotelett.«

ICH: »Aber Sie haben doch angefangen.«

ER: »Jetzt seien Sie mal nicht kindisch. Wenn Sie in mein Taxi steigen, willigen Sie automatisch ein, dass Sie als Kunde Ihre Gesprächsanteile klein halten. Was ich erzähle – da können Sie entweder zuhören oder derweil aus dem Fenster schauen und an was Schönes denken. Da bin ich ganz offen ...«

ICH: »Zu gütig von Ihnen.«

ER: »Und jetzt noch mal zurück zu den Kindern. Also, der Quentin ...«

# TREUEHERZEN

*Ein Mann betritt die Tankstelle und bezahlt an der Kasse seine Rechnung ...*

KASSIERER: »Dann bekomme ich bitte 55 Euro von Ihnen. Sammeln Sie Treueherzen?«

MANN: »Um Gottes willen. NEIN!!!«

KASSIERER: »Sie müssen ja nicht gleich so laut werden. Das Thema scheint Sie aber zu berühren.«

MANN (SCHLUCHZEND): »Es ist nur ... «

KASSIERER: »Weinen Sie etwa?«

MANN: »Tut mir leid. Ich war lange mit einer Drogeriemarktkassiererin zusammen. Sie war etwas eifersüchtig. Jeden Abend hat sie an meiner Kleidung gerochen, meine Taschen durchsucht, meine Mails gelesen und mich regelrecht in den Wahnsinn getrieben. Wenn sie nichts Verdächtiges gefunden hat, hat sie mir Treueherzen in ein kleines Stickeralbum geklebt.«

KASSIERER: »Das klingt ja fürchterlich. Ich kann verstehen, dass das ein traumatisches Erlebnis war. Sie weinen ja immer noch.«

MANN: »Tut mir leid.«

KASSIERER: »Ist schon in Ordnung. Wenn Sie mögen, können Sie statt eines Herzens auch was anderes haben? Eine

Niere vielleicht? Ich lass mir was einfallen. Als Sticker hab ich zwar nur die einen da, aber theoretisch kann ich Ihnen auch etwas Beliebiges zeichnen. Herzen sind als Symbol ja eh ziemlich abgestumpft …«

MANN: »Klingt gut.«

KASSIERER: »Also, noch mal von vorne. Sammeln Sie Treueblinddärme?«

MANN: »Um Gottes willen. NEIN!!!«

KASSIERER: »Wieder ein wunder Punkt?«

MANN (SCHLUCHZEND): »Ach, wissen Sie, ich war mal mit einer Medizinstudentin zusammen …«

KASSIERER: »Und die hat Ihnen Treueblinddärme geschenkt?«

MANN: »Nein, sie ist bei einer OP gestorben.«

KASSIERER: »Mit Frauen scheinen Sie ja wenig Glück zu haben. Wissen Sie was, nehmen Sie sich einfach einen Schnaps aus dem Kühlregal. Geht auf mich.«

MANN: »Lassen Sie es gut sein. Das gibt heute keinen mehr mit uns.«

KASSIERER: »Trocken?«

MANN: »Hm.«

KASSIERER: »Und ich dachte immer, dass *ich* ein trauriges Leben hätte. Aber im Vergleich zu Ihnen!? Da muss ich mich ja fast bei Ihnen bedanken.«

MANN: »Das ist jetzt aber nicht sehr einfühlsam.«

KASSIERER: »Sehen wir den Tatsachen doch mal ins Gesicht.«

MANN: »Vielleicht geht's ja bald bergauf.«

KASSIERER: »Wo ich Ihr Auto da draußen so sehe …«

MANN: »Na, so hässlich ist es auch wieder nicht.«

KASSIERER: »Es ist jedenfalls ein Benziner. Und Sie haben vor zwei Minuten Diesel getankt. Vielleicht doch einen Schnaps?«

MANN: »Unbedingt.«
KASSIERER: »Sammeln Sie Treueherzen?«
MANN (KIPPT UM).
KASSIERER: »Scheiße! Verdammte Gewohnheit.«

# Schabernack & Schelmerei

## I

*Sarkasmus im Alter*

Ich weile in einem Friedhofscafé, trinke Kaffee und lausche unfreiwillig den Gesprächen am Nachbartisch. Dort sitzt eine schwarz gekleidete Trauergemeinde in Form von zehn älteren Damen (alle etwa um die fünfundachtzig). Nach einigen Minuten kommt der Kellner (ein junger, attraktiver Mann) zum Tisch und beugt sich zu der Witwe herunter.

ER: »Möchten Sie noch etwas trinken, junge Dame?
SIE: »Oh! Sie sind mir aber ein hübsches Kerlchen.«
ER (GRINSEND): »Flirten Sie etwa gerade mit mir?«
SIE: »Ja, mein Mann ist gestern gestorben. Ich bin jetzt wieder Single.«

*Da soll noch mal einer sagen, man würde im Alter an Humor einbüßen.*

## II

*Gesundheit*

Ein contergangeschädigter Freund erzählte mir einmal folgende kleine Geschichte: In einer Kölner Kneipe kam ein Mann zu ihm, musterte etwas unbeholfen seinen fehlenden Arm, prostete ihm dann zu und sagte: »Ich wünsche Ihnen gute Besserung.«
Mein Freund sagte, um ihn herum hätten alle peinlich geschwiegen und sich für den Mann geschämt, aber er selbst habe selten so sehr gelacht. Warum, wusste er nicht, entweder wegen der Unbeholfenheit des Mannes oder weil endlich mal jemand seine Scheu abgelegt hatte.


## III

*Aphorismen*

Von motivierenden Weisheiten und Aphorismen kann man ja halten, was man möchte, aber als ich heute meinen Großvater im Hospiz besuchte und mir auf dem Kalender ein fröhliches *Lebe jeden Tag, als wäre es dein letzter* entgegenstrahlte, fand ich das dann doch ein wenig zynisch.

# Witzig, sprach der Clown
## und sprang vom Hochhaus

Oft werde ich gefragt, woraus ich die naive Lebensfreude schöpfe, die immer zwischen meinen Zeilen hindurchschimmert.

»Nun«, sage ich, »das liegt in meiner Natur. Ich bin ein kleiner Sonnenschein.«

Zugegeben, es ist ein wenig seltsam, dass ausgerechnet ich so gerne humoristische Geschichten schreibe, denn eigentlich gelte ich in vertrauten Kreisen als Grummelbär. Als damals das Glück in der Suppe lag, habe ich eine Gabel benutzt. Aber so ist das. Die meisten Humoristen sind Melancholiker. Die meisten Melancholiker sind Menschen. Und die meisten Menschen sind Chinesen.

Neulich habe ich mir einen Witz ausgedacht: *Treffen sich zwei Träume. Beide platzen*. Sie sehen, ich bin ein menschliches Partyhütchen.

Was Humor angeht, bin ich Autist. Mein Humor basiert auf einem einzigen Grundkonzept. Verbitterung und Zweifel. Zweifel an den Menschen und an mir selbst. Wenn man an sich selbst zweifelt, gibt es nur zwei Möglichkeiten, damit umzugehen: Selbstmord oder Selbstironie. Selbstmord ist mir zu anstrengend. Außerdem wären dann manche Menschen bestimmt traurig. Einige wären bestimmt sogar so traurig, dass sie auf meine Facebook-Pinnwand schreiben würden: *Schade.*

Humor ist in den allermeisten Fällen die sinnvollste Lösung, mit der eigenen Empfindsamkeit umzugehen. Sobald man über etwas lachen kann, befindet man sich auf dem Weg der positiven Verarbeitung, heißt es doch so schön. Was also bleibt, ist die Selbstironie. Von Selbstironie spricht man dann, wenn ein Mensch mit Glasknochenkrankheit auf 'nem Polterabend rumwuselt. Und Selbstironie ist etwas Wunderschönes. Denn über sich selbst zu lachen bedeutet keinesfalls, sich selbst nicht ernst zu nehmen. Aber es hilft, sich nicht wichtiger zu machen, als man ist. Ich empfinde Selbstironie als die angenehmste Form des Humors, der ja bekanntlich ein zartes Pflänzchen ist.

Es gibt Dinge, über die kann ich nicht lachen. Über die kann ich nicht lachen, weil sie mich zwingen wollen zu lachen. Radio-Comedy, Zirkusclowns oder den Sat.1-Fun-Freitag. Lustige Straßeninterviews, in denen Hauptschüler entblößt werden, indem man sie erklären lässt, wie eine konstitutionelle Monarchie aufgebaut ist, und anschließend aus dem Off bemerkt wird: »Haha. Da ist er ja, der dumme Hauptschüler. Perspektivlos und ungebildet. Armes Deutschland.«

Nein, sobald von mir erwartet wird zu lachen, funktioniert das nicht mehr. Bei eingespieltem Applaus in Sitcoms, wenn Kabarettisten auf der Bühne stehen und lustige Geschichten erzählen, aber nach den Pointen Pausen machen, damit die Menschen wissen: »Oh, ein Pause. Ich glaube, das war witzig.« Ist es nicht traurig, dass man Menschen vorgibt, wann sie zu lachen haben? Das müsste man mal im Alltag machen. Morgens beim Bäcker.

Da trifft man doch manchmal Leute, die immer einen kessen Spruch auf den Lippen haben: »Guten Morgen. Ich hätte gerne drei normale Brötchen. Und zwei verrückte.«

Pause.

»War das nicht witzig?«

»Das war wirklich superwitzig«, würde der Bäcker sagen. »Ich habe den verkackten Witz ja auch erst hundertachtzig Mal gehört, und kurz dachte ich, Sie wären ein absoluter Vollpfosten, aber dann haben Sie diese Pause gemacht, und ich muss sagen: Knaller. Ein Brett von einem Kalauer. Ich geh kurz nach hinten und tanze eine Runde.«

Verstehen Sie mich nicht falsch, Humor muss nicht immer besonders anspruchsvoll sein, im Gegenteil – mein persönlicher Humor ist oft unangebracht und pubertär. Ich lache in den unpassendsten Situationen, über dicke Kinder, schlechte Wortspiele und tollpatschige Tiere, die ständig hinfallen. Meist jedoch dann, wenn ich mir vollkommen bescheuerte Dinge und Situationen bildlich vorstelle.

Und ja, ich lache auch über Sachen, die ich nicht verstehe. Und über dumme Menschen. Denn man kann ja von der Evolutionslehre halten, was man möchte, aber wenn man den Menschen als Weiterentwicklung des Affen versteht, muss man bedenken, dass Weiterentwicklung ein sehr dehnbarer Begriff ist.

Das Problem ist: Ich liebe Sarkasmus, aber ich habe Angst, ein sarkastischer Mensch oder viel schlimmer noch ein selbstgerechter Zyniker zu werden, der mit einem Kissen am Fensterbrett klemmt und auf die Welt hinabblickt. Trotzdem möchte ich das Recht haben, Menschen scheiße zu finden.

Denn die Welt ist, wie sie ist: Es gibt die grölenden Junggesellenabschiede mit witzig-ironischen Flock-T-Shirts, es gibt die Großraumdiskotheken und Mallorca-Kneipen, und es gibt die Bierfahrräder. Man muss das nicht unbedingt verstehen. Es gibt aber auch die betrunkenen Männer, die sagen: »Es ist Freitagabend, ich habe zwei Promille und werde deswegen dieser netten Bedienung an den Hintern fassen. Sie ist ja selbst schuld, wenn sie so ein kurzes Höschen trägt.« Dann gibt es Frauen, die sagen: »Uuuu! Ich bin wunderschön, völlig betrunken, tanze zu den Pur-Partyhits, und endlich packt mir so ein Charmebolzen mal so richtig derbe an den Hintern. Welch subtiles Zeichen von ästhetischer Wertschätzung. Ich bin eine Prinzessin. Nice.« Aber Gott sei Dank gibt es auch Frauen, die sich umdrehen und dem Typen so dermaßen eine reinhausen, dass er nie wieder aufrecht laufen kann. Und der Typ sagt dann: »Wow, welch subtiles Zeichen von menschlicher Verachtung. Ich bin ein Hurensohn. Nice.«

Es gibt diese Lebenswelt, die wir nicht verstehen und die immer so fern erscheint. Aber diese Welt ist eben nicht nur RTL II, Bildzeitung und Cala Ratjada, diese Welt ist auch hier: im vermeintlichen Bildungsbürgertum. Sie können der gebildetste Mensch sein, alle Bücher dieser Welt gelesen haben, und trotzdem sind Sie, wenn Sie nicht über einen Hauch von emotionaler Intelligenz und Charmegefühl verfügen, ein Arschloch. Und so verhält es sich auch mit Humor.

Sprache als Gebilde ist etwas sehr Sensibles. Humor ist vielleicht das größte Paradoxon unserer Welt. Er ist entschärfend und messerscharf zugleich. Ich wünsche mir, dass man Satire irgendwann nicht mehr mit Zitaten von Tucholsky rechtfertigen muss, wenn sie es schafft, uns einen Spiegel vorzuhalten und unsere Makel aufzuzeigen, ohne dabei zu sagen: Du bist der größte Idiot aller Zeiten. Wenn nur so ein kleines bisschen Empathie in die Köpfe und ausgesprochenen Sätze einkehrt.

Und ja, man darf das alles mit Humor sehen. Das muss man sogar, sonst geht man irgendwann an seiner Engstirnigkeit zugrunde. Das Einzige, was es dafür braucht, ist ein Hauch von Feingefühl. Dann braucht es kein Moraldiktat, keinen Humorkatalog einer selbsternannten intellektuellen Elite, die sagt: »Hier, mein kleiner unwissender Freund, ich habe dir eine Liste mitgebracht. Darauf steht, worüber du lachen darfst. Nicht lachen darfst du über Juden, Behinderte, Mario Barth, Religion im Allgemeinen und, und, und …«
Toleranz bedeutet, dass man über einen homosexuellen Katholiken mit Down-Syndrom genauso Witze machen darf wie über jeden anderen Menschen auch. Alles andere führt zu Ausgrenzung und Diskriminierung.

Jeder Mensch verdient es, dass man ihm mit Humor begegnet, solange Satire nicht zum reinen Selbstzweck verkommt und die Provokation nicht bloß der Provokation dient. Wir haben die Freiheit, alles zu sagen. Wir haben aber auch die Freiheit, hin und wieder einfach mal die Schnauze zu halten.
Es ist wie bei der Versammlungsfreiheit. Wir können verdammt glücklich sein, dass es sie gibt, aber trotzdem geht niemand jeden Morgen mit achthundert Leuten zu Kamps und sagt: »Guten Tag, wir hätten gerne 1463 normale Brötchen. Und ein verrücktes. Für den Witzbold.«

# ABGELEHNTE BUCHTITEL
*(die ich hiermit offiziell zur Verfügung stelle)*

*Der Name der Hose: Jens*

*Im Traktor auf der A2 – ein sehr langsames Roadmovie*

*Der Kommissar & der Kirschner –*
*Felle lösen leicht gemacht*

*Fender Studies – Feminismus und Rockmusik:*
*Eine Studie*

*Der Hals der Agraffe – ein Broschenroman*

*Verrückt nach Dia – Leidenschaften eines*
*Amateurfotografen*

*Mein Album geht Platon – die geheimen*
*Hitlisten der Antike*

*Balsa für meine Säge – Heimwerken mit Tropenholz*

*Zinn und Sinnlichkeit – ein Bleigießer geht fremd*

*Briefwechsel: Arno Holz & Stefan Zweig –*
*Ansichten eines Baums*

*Die Wand der Hure – Rauhfasertapeten im*
*Rotlichtmilieu*

*Beige: eine Lebenseinstellung?*

*Bube auf Bube geht nicht – Homophobie im Kartenspiel*

*Samples unterm Sofa – die Textur des Klangteppichs*

*Die Trieb-Ute von Panem – im Bann der Nymphe*

*Nuancen von Ocker – Erdfarben im Wandel*

*Neues vom Mann ohne Eigenschaften –*
*jetzt mit noch weniger Eigenschaften*

*Lebe deinen Baum – die Empathie des Holzfällers*

– Hidden Track I –

# Die behutsame Wanderung
## der Nacktschnecke

Manfred K. führte das lange und zentnerschwere Vehikel fi-
ligran wie den Pinsel eines verträumten Landschaftszeichners
über die städtische Asphaltleinwand und erreichte noch vor
Sonnenaufgang die Autobahnauffahrt. Wie ein Wüstenwurm
schlängelte sich der Lastwagen über die Straßen, und jegliche
Manöver waren von einer selten erhabenen Leichtigkeit ge-
prägt. Zufrieden biss Manfred in seine Zwiebelmettstulle und
legte eine Kassette aus dem Handschuhfach ein. »Child in
Time«, sein Lieblingssong. Fenster auf, Zigarette an, und als
die Sonne langsam aufging, streichelten die Strahlen seine linke Gesichtshälfte, so dass es fast schon poetisch gewirkt hätte,
wäre da nicht der sanfte Duft von Schweiß und Zwiebelmett
gewesen. Aber Poesie kennt keine Grenzen, würde Manfred
womöglich einwenden, und wäre Eichendorff Trucker gewesen, wer weiß …

Siebenunddreißig Stunden bis zur litauischen Grenze. Manfred
rechnete aus, dass er in diesen siebenunddreißig Stunden drei-
hundertsiebzig Mal »Child in Time« hören könnte. Ein Blick
auf den Tacho. 7:04 Uhr, 98 Stundenkilometer. Der Moment
war perfekt, alle Sorgen dieser Welt vergessen, als sich plötzlich
ein weiterer Lkw von der Beschleunigungsspur kommend vor

ihn schob, um mit exakt 97,8 Stundenkilometern vor ihm zu fahren. Die zweispurige Bahn war im Berufsverkehr dicht befahren, und auch nach dreißig Minuten gab es keine Aussicht auf ein Überholmanöver. Nein, den Lkw zu überholen, konnte er den Autofahrern nicht antun, dachte Manfred. Und bei diesem Gedanken musste er so sehr lachen, dass er den brühwarmen Kaffee auf das Armaturenbrett spuckte. Denn der Manfred wäre nicht der Manfred, wenn ihm das nicht egal wäre, und so setzte er den Blinker, und ohne Rücksicht auf Verluste schob er seinen Truck auf die linke Spur, so dass sich der Verkehr hinter ihm wie eine Ziehharmonika zusammenquetschte und zu einer zähfließenden Masse transformierte. Die Lichthupen legten sich wie ein leiser Sommerregen auf seine Plane, und das Hupen der anderen Fahrer vereinte sich zu einem einzigen Orchester. Manfred trat aufs Gas.

Dreiundvierzig Minuten später. Manfred war inzwischen auf gleicher Höhe mit dem anderen Lkw angelangt. Er neigte seinen Kopf nach rechts und schaute direkt in die Fahrerkabine des zu überholenden Fahrzeugs. Ein bereits zu erahnendes Blechschild verriet den Namen des Fahrers: Igor. Igor saß leicht nach vorne gebeugt am Steuer und schaute konzentriert auf die Fahrbahn, als würde er die Markierungsstreifen zählen. Keine Ablenkung. Das Ziel fest angepeilt.

Manfred sah Igor nur im Profil. Ein nahezu konturloses Gesicht, die Wangenknochen verloren in einem dichten Rauschebart. Und dann passierte etwas, wofür Manfred bis heute keine Erklärung hat. Er hupte. Igor schaute nach links, ihre Blicke trafen sich, und plötzlich erschien alles in einem gleißenden Licht.

Igor Sorokin und Manfred Kupferhahn haben am 3. Dezember 2013 geheiratet. Beide sind inzwischen pensioniert und haben einen Sohn adoptiert. Was Igor liebt: *Die fabelhafte Welt der Amelie*, Markierungsstreifen zählen, den Geruch von Tankstellen und durchschnittliche Radiosongs der Sportfreunde Stiller. Was Manfred liebt: »Child in Time« in Endlosschleife, den Geruch von Mettwurst im Sommerregen und das Geräusch eines in tausend Teile zerspringenden Radios, wenn man es aus dem vierten Stock wirft.

Bitte denken Sie immer an Igor und Manfred, wenn Sie mal wieder hinter einem überholenden Lastwagen herfahren und sich ärgern. Die beiden möchten wenigstens ein kleines Stück ihrer Strecke in Zweisamkeit genießen, unzertrennbar und vereint. Denken Sie an den violettfarbenen Himmel. An die Liebe. Sie ist alles, was bleibt.

– Hidden Track II –

# Das kürzeste Roadmovie
## aller Zeiten

Die Erkenntnis, dass mein bester Freund Frank trotz allen intellektuellen Anscheins nicht der Hellste ist, führe ich auf ein festes Datum zurück. Den 3. Juni 1997, exakt eine Woche vor meiner praktischen Moped-Führerscheinprüfung.

Ich habe Frank immer für ein schlaues Kerlchen gehalten, hat er es schließlich in der neunten Klasse geschafft, innerhalb von einer Woche fünfhundert Mark zu verdienen, indem er den Oberstufenschülern als Marihuana deklarierten Oregano verkaufte. Zwar musste er danach ziemlich Prügel einstecken, aber immerhin war er der einzige Junge in der ganzen Schule, der sich bereits mit fünfzehn von seinem eigenen Geld ein Profirennrad leisten konnte.

Frank und mich verbindet unter anderem die Liebe zur Geschwindigkeit. Mofas waren für uns damals keine Mofas, sondern riesige, zentnerschwere Harleys, und die kleinen Pflastersteinstraßen unserer Siedlung waren unsere persönliche Route 66. Es war kurz vor meinem fünfzehnten Geburtstag. Mein Vater hatte das Mofa bereits gekauft und auf seinen Namen angemeldet. Alles war vorbereitet …
Ein handelsübliches Moped für einen Fünfzehnjährigen durf-

te exakt fünfundzwanzig Stundenkilometer fahren. Da ich aber weder Oregano an Oberstufenschüler noch die exquisite Pornosammlung meines Vaters an die I-Dötzchen aus der fünften Klasse verkauft hatte, musste ich mit einem Exemplar aus dem Baumarkt vorliebnehmen, was bedeutete, dass die fünfundzwanzig Stundenkilometer nur mit Hilfe eines Gefälles von mindestens fünfundsiebzig Prozent erreicht werden konnten. Selbiges gilt im Übrigen auch für alte Damen mit Rollator und sagt demnach nicht viel aus. Für einen Jugendlichen in meinem Alter konnte das nur eines bedeuten: FRISIEREN!

Warum eine so überdurchschnittlich männliche, ja nahezu animalische Tätigkeit wie das Aufmotzen von Kraftfahrzeugen diverser Art *Frisieren* heißt und somit exakt den gleichen Terminus wie das Kämmen von Käthe-Kruse-Puppen trägt, ist mir im Nachhinein ein großes Rätsel. Aber das sollte damals keine große Rolle spielen. Frisieren also.

Stefan, von allen nur Pichler genannt, weil er so aristokratisch aussah und eine gewisse Ähnlichkeit mit dem Sekretär des Bürgermeisters aus den Benjamin-Blümchen-Hörspielen aufwies, war der Frisiermeister. In der Hinterhofgarage seines Vaters hatte er eine Art illegale Werkstatt, in der Tag für Tag diverse minderjährige Kleinganoven und 1,60 Meter große Hells-Angels-Ortsdelegierte ein und aus marschierten. Pichler besserte sein Taschengeld mit Hilfe seines technischen Talents auf und machte es möglich, dass mein kleines, tiefschwarz glänzendes Gefährt eine Höchstgeschwindigkeit von gefühlten zweihundertachtzig Stundenkilometern erreichen sollte. Bergauf! Fortan trug ich den neuen Spitznamen: »Der schwarze Blitz«. Ich war bereit für die große Höllentour.

Ich muss dazu sagen, dass mein Roller eine Modellbezeichnung trug, die sich in weißen Drucklettern seitlich über den

Auspuff erstreckte. Während andere Roller mit markanten Typenbezeichnungen wie »Silver-Shark-Style« oder »Turbo-Power-Maximum-Speed-Booster« Eindruck machen konnten, trug mein Baumarktroller den Namen »Rexy«.

»Rex« wäre ja okay gewesen. Der große starke Tyrannosaurus. Da dachte man wenigstens an Scharfzahn aus *In einem Land vor unserer Zeit*. Aber Rexy? Das klang wie ein Friseursalon für Schäferhunde.

Wie auch immer. Ein echter Kerl steht zu seinen Schwächen. Ich setzte mich ins nasse Gras und rief Frank an.

Nach dem Telefonat schloss ich die Augen und dachte nach. Den Mofa-Trip Richtung Nordsee hatten wir bereits letzte Woche geplant, und ein angenehmes Gefühl von Vorfreude machte sich breit.

Zwanzig Minuten später wurde ich durch einen unsanften Faustschlag in den Magen geweckt. Vor mir stand Frank. Wir schoben Rexy aus Pichlers Garage, stiegen auf unsere Roller, starteten den Motor und düsten los. Von Rostock aus immer weiter Richtung Norden.

Mit geöffnetem Visier und dem Fahrtwind im Gesicht fuhren wir über den schmalen Feldweg zu unserer Siedlung am Stadtrand. Um uns herum: Strommasten, Windräder, weitläufige Felder, lange Stacheldrahtzäune, Kühe auf den Wiesen. Vor mir die Freiheit und hinter mir … Ach du Scheiße, die Polizei. Das konnte doch nicht wahr sein! Was tun?

Der Polizist schien zu durchschauen, dass wir etwas im Schilde führten. Als fünfzehnjährige Teenager mit Flaum im Gesicht und Nikotinduft in der Kleidung waren wir grundverdächtig. Aber abgesehen davon? Heute hatten wir weder die Schule geschwänzt noch getrunken und ausnahmsweise auch mal nicht gekifft. Aber … Ach ja, wir fuhren ohne Führerschein und mit unzulässigen High-Speed-Tuning-Mopeds durch einen für Fahrzeuge gesperrten Feldweg. Verdammt!

In diesem Moment schaltete der Polizist die Sirene an. Frank drehte erstaunt seinen Kopf nach hinten, registrierte die Situation, und anstatt erschrocken anzuhalten, gab er Vollgas. Ich zog ebenfalls an und folgte ihm. Die erste Verfolgungsjagd meines Lebens. Ich fühlte mich wie bei *Alarm für Cobra 11* beziehungsweise wie bei *Alarm für Rexy 25!*

Als der Feldweg endete und wir in eine Wohnsiedlung einbogen, machte Frank eine scharfe Rechtskurve. Dann noch eine. Und noch eine. Eine letzte Kurve nach links. Dann schmiss er den Roller in ein Gebüsch und warf sich hinterher. Ich tat es ihm gleich.

Und dann … unglaublich … Der Polizist fuhr an uns vorbei! Wir warteten noch fünfzehn Minuten im Gebüsch.

»Alter, das kann doch nicht wahr sein, oder?« Ich blickte Frank ungläubig an.

Dann kam der entscheidende Einschnitt. Das prägende Erlebnis. Der Grund, warum ich bis heute glaube, dass Franky-Boy nicht mit sonderlich viel Weisheit gesegnet ist. Er sagte nämlich Folgendes: »Pass auf, ich glaube, er ist weg. Vielleicht hat er sich unsere Kennzeichen gemerkt, aber ich habe einen Plan. Ich hab das mal in einem Film gesehen. Wir tauschen unsere Kennzeichen einfach aus.«

»Tauschen?«, erwiderte ich. »Wir bräuchten beide ein komplett neues Kennzeichen, und das würde auch nur Sinn machen, wenn wir in einer amerikanischen Großstadt lebten und nicht in einer kleinen Einfamilienhaussiedlung in Wuppertal.«

»Aber tauschen ist besser, als es gar nicht zu probieren. Dann können wir nämlich immer noch behaupten, dass der Polizist Halluzinationen hatte. Wir sind zu zweit. Er ist alleine. Wem glaubt man wohl eher?« Frank gab sich redlich Mühe, seinen stupiden Vorschlag zu bekräftigen.

»Und wenn wir es einfach zugeben und uns stellen?«

»Mr. Rexy will sich stellen? Putzig. Komm, schraub dein Schild ab.« Frank war fest entschlossen.

Wir tauschten also unsere Kennzeichen, und nach ungefähr dreißig Minuten krochen wir aus dem Gebüsch und fuhren die wenigen Restmeter nach Hause.

Was soll ich sagen? Wir haben von der Polizei nie wieder etwas gehört. Das Glück ist mit den Dummen. Die Dreisten gewinnen.


Das Ende ist natürlich komplett gelogen, in Wahrheit wurden wir nach fünf Minuten geschnappt. Und ich verschweige jetzt besser das dumme Gesicht des Polizisten, als Frank und ich zuckend im nassen Gras lagen und einen epileptischen Anfall vortäuschten, um als unzurechnungsfähig durchzukommen. Ich sollte wohl besser so einiges verschweigen. Ich weiß nicht, welcher Satz treffender ist: Viele Teenager sind oft sehr dumme Menschen. Oder sehr viele dumme Menschen waren auch mal Teenager.


Lösung zu *Das Flüstern der Chrysanthemen:* Geschichte X

Patrick Salmen

# Ich habe eine Axt

*– Urlaub in den Misantropen –*

Mit staubtrockenem Humor und jeder Menge Selbstironie entlarvt der Poetry-Slammer Patrick Salmen in seinen Geschichten die Absurditäten und Idiotien der Menschheit. Mal spöttisch, mal böse, aber immer mit einem charmanten Augenzwinkern spricht er über Bärte als letzte Bastion gutmütiger Männlichkeit, über Senseo-Maschinen als die heutigen Volksempfänger und über Sudokus als Beschäftigungstherapie für desillusionierte Hobbymathematiker. Und wenn man im Leben mal nicht weiterweiß, kennt er die Universalantwort auf alle Probleme: Ich habe eine Axt!

»Salmen ist ein begabter Poet, der Klangwelten schafft, weit jenseits dessen, was man normalerweise in der Slam-Szene serviert bekommt.« *Neue Westfälische*

»Die Texte sind wirklich witzig, interessante überraschende Kombinationen.« *rbb – radioeins*

Die bekannteste Liebeserklärung an den Bart –
Der YouTube-Erfolg »Rostrotkupferbraunfastbronze«
mit über 2 Millionen Klicks

## Rostrotkupferbraunfastbronze

*Liebe Sandra,*

*gestern hast du gesagt: »Also, ganz ehrlich, so ohne Bart, das
würde dir bestimmt auch gut stehen.« Betrachte dich mit diesem Schreiben als offiziell verlassen. Meinen Bart, den hatte
ich schon als Kind. Das ist doch kein Hut. Den nehme ich nicht
ab, nur weil er mir nicht steht. Alles, was ich habe, ist mein
Bart. Ich brauche Zuflucht für meine nervösen Hände, wenn
ich rede und nicht rauchen darf. Ich brauche diesen kleinen
haarigen Wirbel am rechten Wangenknochen, in dem sich
meine Finger bei Bedarf verlieren können.*
*Nun, sieh mich doch an! Ich bin weder muskulös noch finan-
ziell unabhängig. Was bleibt mir demnach übrig? Das Ver-
ruchte. Die Verwegenheit. Aber eigentlich bin ich gar nicht
verwegen, sondern verlegen. Und schüchtern. Ohne meinen
Bart fühle ich mich nackt. Er ist eine Art Mikrowellenabdeck-*

*haube. Eigentlich braucht man die auch nicht, aber sie vermittelt einem die Illusion von Schutz. Wenn ich etwas erzähle, dabei nervös bin und zittere, dann kraule ich ihn wie eine Katze. Das beruhigt. Er ist weich und flauschig. Und verdammt, ich hasse diese Kinn- und Schnurrbärte, vor allem aber diese ausgedünnten Schmalkoteletten. Was soll denn der Unsinn? Ich hätte gerne eine Pizza Vier Jahreszeiten. Mit viel Käse und Knoblauch. Aber bitte ausgestanzt. Geben Sie mir nur den Rand. Der ist so köstlich.*

*Mein Bart ist Zuflucht. Exil vor Stress und Konfrontation. Ein Schutzpanzer um meine Haut. Ich bin ein Schildkrötenmensch, und niemand soll wissen, was unter dem Panzer geschieht. Und eins steht fest: Er ist symbolische Metapher für alles. Im Sommer ist er hellbraun, im Herbst bronze, im Winter wie Kupfer, und im Frühling hat er die Farbe von Rost. Genau wie meine Stimmung. Aber eigentlich habe ich gar keine Stimmung. Und schon gar keine Gefühle. Alles, was ich in den ersten Zeilen gesagt habe, war eine Lüge. Bartträger haben keine Gefühle.*

*Ich trage meinen Bart nicht aus Eitelkeit. Na gut, früher schon. Ich trug meinen anfänglichen Flaum mit Stolz und Anmut und dachte, ich würde aussehen wie Kurt Cobain oder Johnny Depp. Zehn Jahre später teilte man mir mit, dass ich eher aussähe wie Al Borland aus* Hör mal, wer da hämmert. *Mehr so der Holzfällertyp, aber dafür sei ich eigentlich zu schmal und zu untrainiert. Mensch, ich würde ja gerne trainieren, aber dafür bin ich zu intelligent, schließlich kann ich schreiben. Aber für intelligent hält man mich ja auch nicht, schließlich ist mein Bart nicht schwarz oder grau meliert, sondern rostfarben. Wie bei einem waschechten Arbeiter. Er ist nur dann schwarz, wenn ich mir den Kohlenstaub im Gesicht verwische.*

*Und du sagst, er störe dich, mein Bart. Wenn wir uns küssen, dann kratze das so. Natürlich kratzt das. Das ist wie das Gleiten einer Plattennadel über Vinyl. Das kratzt auch und ist trotzdem schön. Ein zärtliches Kratzen. Ein rauhes, aber behutsames Schmiegen. Aber du bist anscheinend eher so der digitale Typ. So wie deine aalglatten Liebhaber. Die kannst du alle löschen. Aber mich kannst du nicht löschen. Mich kannst du nur wegschmeißen oder im Keller einlagern. Dann staube ich zwar voll und gerate in Vergessenheit, aber ich bleibe existent, denn ich bin analog. Und wenn ich Feuer mache, dann knistert es. Dann kannst du es hören und riechen, aber deine anderen Kerle, die drücken die Fernbedienung, und dann verharrt ihr vor seinem hochauflösenden Kamindisplay. Nicht mit mir!*

*Und weißt du, was sich auf Bart reimt? Auf Bart!? Hart!!! Harte Typen tragen Bärte. Und sonst reimt sich nichts auf Bart. Rein gar nichts. Vor allem nicht zart. Zart reimt sich auf glatt rasiert. Und glatt rasiert bin ich nicht. Und mein Humor schon gar nicht. Der ist stoppelig. Aber deiner ist so platt, den sieht man nicht. Und wenn sich mein T-Shirt eines Tages nach außen zu wölben beginnt und ich anfange, mollig zu wirken, dann nur, weil meine Brusthaare den Textilstoff nach außen drücken. Die brauchen Platz. Freiheit. Und ich bin ein freier Mensch, deswegen trage ich Bart.*

*Er hat nur Vorteile. Wenn mir im Winter kalt ist, dann reibe ich ihn mit Shampoo ein und nehme ein warmes Schaumbart. Aber eigentlich nehmen so Kerle wie ich keine Schaumbäder. Wir nehmen Stahlbäder. Im Hochofen. Verdammt, ich rasiere mich nicht! Nur die Konturen. Da bin ich eitel. Aber das mache ich nicht mit Schaum, sondern mit Schnaps, du Schlampe. Du willst mich verändern, das merke ich doch. Rasieren!? Ich verlange von dir doch auch nicht, dass du dir die Brüste ent-*

fernen lässt. Die stören mich auch. Na und!? Ich liebe dich. Auch mit deinen Fehlern. Wenn ich mich rasieren würde, wäre ich nackt, und dann würde ich den Wind auf meinen Wangen spüren und anfangen, Gedichte zu schreiben. Kleine Poeme über das Leben und die Liebe. Aber das tue ich nicht! Ich hasse Poesie. Sie ist weich. Poesie ist für Frauen und Kinder. Solche, die zuerst gerettet werden, wenn das Schiff untergeht. Aber uns Männer braucht man nicht zu retten. Wir halten uns gegenseitig an unseren Bärten fest und singen Lieder von Manowar. Auf Russisch! Denn das ist eine harte Sprache. Ohne Vokale. Vokale sind schwul. Ameise, Kolibri, Papagei. Alles kleine fragile Tierchen. Aber ich bin ein Bär. Ein B und ein R. Und das in der Mitte, das ist kein Vokal, sondern ein Umlaut. Bären würden Papageien nämlich zerfetzen, wenn sie sich treffen würden. Deswegen sieht man sie auch so selten zusammen. Und deswegen sieht man uns auch nie wieder zusammen.

Sandra, glaub mir, Bärte sind ein Zeichen von Gutmütigkeit. Jesus, zum Beispiel. Und ich kann Jesus immer als Beispiel bringen, denn rede du jetzt mal schlecht über Jesus, dann bekommst du aber mächtigen Ärger. Dieser Jesus, er war ein herzensguter, bärtiger Zeitgenosse. Und man wird immer von ihm sprechen als dem guten alten Jesus. So wie vom guten alten Abraham oder dem guten alten Joe Cocker. Jetzt rate mal, wem dieser Jesus sein Augenlicht wiedergeschenkt hat. Dem ratzekahlen Pascal? Wohl kaum. Dem nacktrasierten Nathanael? Nein, sicher nicht. Sondern, wem wohl? Dem Bartimäus. Bartträger halten schließlich zusammen. Und wenn da mal einer etwas Mehl, fettarme Milch oder Augenlicht braucht, dann bekommt er das auch. Wäre der gute alte Herr Bartimäus aber rasiert gewesen, und das nehme ich angesichts seines Namens kaum an, dann hätte Jesus womöglich gesagt:

»Oha. Sieh mal einer an. Sie haben aber schöne Wangenknochen. Möchten Sie mir etwa die Wange hinhalten, Sie kleiner Schlingel?« Dann hätte der Bartimäus weiterhin ganz schön drollig aus der Wäsche geguckt. Bartträger sind gute Menschen. Edel und weise.

Sandra, ich denke, ich habe dir genug gesagt. Du kannst mir alles nehmen. Meine Wohnung, meine Kinder, aber niemals meinen Bart. Das ist eine Lebenseinstellung. Eine Philosophie. Ein Körperteil. Bauch, Beine, Bart.